L'abominable
de l'A

labutxaca

www.labutxaca.cat
info@grup62.com

Pep Coll

L'abominable crim de l'Alsina Graells

Empúries
Barcelona

La primera edició d'aquesta obra va ser publicada
a Editorial Empúries l'any 1999

Primera edició en aquest segell: febrer del 2010

Fotocomposició: Víctor Igual, s.l.
Impressió: Liberdúplex
DIPÒSIT LEGAL: B. 2.155-2010
ISBN: 978-84-9930-065-8

La ciutat en pes, sense distinció d'edat, sexe, condició social o barriada, ha sortit consternada al carrer clamant contra la violència: que un crim tan abominable no es torni a repetir mai més.

(Diari «L'Hora de Lleida», 28-11-1999)

CAPÍTOL 1

El cadàver, malgrat ser de cartó-pedra, de plàstic o d'un material sintètic qualsevol, desprèn una pudor que empesta. L'inspector Sergi Massanés roman impertèrrit al seu pupitre, com si respirés el mateix aire insípid de sempre, amb els ulls clavats a la tarima on el professor manipula el maniquí. Bona part dels seus companys d'aula fan ganyotes de fàstic, alguns ostentosament es tapen el nas amb els dits, d'altres, com el de l'esquerra, s'aixequen de la cadira disposats a sortir de l'aula. El professor es desentén per un moment del ninot, i fulmina amb la mirada els alumnes desertors: «La societat encara fa més pudor!», pontifica el de la bata blanca. «El que no pugui aguantar la pudor que ho deixi córrer. Massa delicat per a ser un bon policia!!»

Quan el viatger obre els ulls, la seua mirada topa contra el vidre fumat que el separa del conductor de l'autocar, enfonsat al clot del comandament just davant la punta dels seus peus. Tanmateix, la pestilència persisteix fora del somni. Cap a la dreta s'obre el vidre del parabrisa, aquest transparent, com un finestral panoràmic damunt els carrils de l'autopista. Els seients de l'altra banda de passadís van buits. Abans de la becaina, hi seia una dona, una senyora grassa i emperifollada, que anava amb una nena de set o vuit anys que no parava de moure's. L'inspector fa un esforç per no girar el cap a la seua esquerra, ni de reüll s'atreveix a mirar-hi. Sap que la companya de seient només espera que ell es giri per poder reprendre la conversa. En tot el viatge que no ha parat de fer-la petar. Encara eren a l'estació, quan ell tot just si havia tingut temps d'acomodar-se al seient, que la viatgera ha trencat el gel de patac:

—A vostè em sembla que el conec, jove. Vostè és fill de la torre Massanés, a la partida de Grenyana.

—De les Torres de Sanui —ha corregit ell, emprenyat de ser descobert per aquella intrusa.

—L'he conegut per la fesomia —ha continuat la dona de la finestreta, com si no li importés gens el canvi de partida—. La seua mare, es diu Matilde, ¿oi? Era clienta de la botiga, una bona clienta.

—Devia ser la padrina!

—¿La seua padrina, diu? Potser sí, vostè és molt jove, i jo, és clar, ja parlo d'anys... De quan feien el mercat els divendres a la Plaça Sant Joan. La Matilde venia al mercat a vendre fruita i encabat cap a la botiga a comprar-se un mocador de cap, o unes teles de matalàs, o una cotilla, lo que li fes falta. Era una dona molt elegant, si no fos pel cistell que sempre arrossegava, ningú ho hauria dit que fos una pagesota de l'horta. ¿Com està ara? —L'inspector anava a respondre que ja fa més de deu anys que és morta, però no li ha donat temps—. Segur que es conserva la mar de bé, era una dona molt vividora. Doni-li molts records. De la senyora Rossita, de *Modas La Generosa*. ¿Sap on és, oi, aquesta botiga?

—No.

—Ah, és clar. Vostè és molt jove. Ara es diu *Parrak's*. La meua filla li va voler canviar el nom, diu que aquest fa més modern. Però, a Lleida tothom la coneix encara per

La Generosa. És la botiga de robes més antiga del carrer Major. La va fundar el padrí ja fa més de cent anys i li va posar el nom de la padrina que es deia Generosa i era d'un poblet de mala mort de l'Aragó. Sap de quina botiga li parlo, ¿oi? Té un gran aparador que fa cantonada amb un carreronet. Segur que hi ha passat per davant deu mil camins.

—Carrer Major cantonada amb Canonge Montagut —ha dit ell bastant segur.

—Es confon. El canonge Montagut és més amunt, prop de l'estació de tren, dóna a l'Avinguda de l'Alcalde Renadiu. La nostra botiga fa cantonada amb el Bisbe Escapçat, un carreró sense sortida tocant al carrer Cavallers. A mi també em passa, no es pensi, amb tants bisbes, alcaldes i canonges, de vegades em confonc. Abans em feia un embolic amb els Generals i veu, ara ja els han canviat tots. Això dels carrers tot és política. Ara, el Carrer Major se'n guardaran prou de tocar-lo. Sempre ha sigut i sempre serà el Major, és a dir, el més important de Lleida. Per allà hi passa totdéu. Jo vaig néixer al pis de damunt de la botiga i es pot dir que m'hi he criat. De petita, els diumenges a la tarda la mare em feia cosir asseguda en una cadira darrere el balcó. D'allà dalt estant, sentia el soroll del carrer sense veure la gent. Riallades del jovent, plors de criatura, cants dels soldats, tot això barrejat amb el trepig de sabates i la veu de les converses. La mare no em deixava mirar pel balcó, deia que això era propi de les nenes desvergonyides. Manies de la gent d'abans, ¿sap? Mentre sargia un mitjó m'explicava que el carrer Major és com el riu. Per anar bé, hi ha de baixar l'aigua suficient, ni poca ni massa. Si en baixa poca, les botigues patim sequera, si en baixa massa, ens inundem. I sempre recordava la vegada que en una manifestació, un colla de revolucionaris li van rebentar la porta de la botiga... Jo imaginava un riu passant sota el balcó, sentia la remor de l'aigua però no la veia. Estirant el cap, de vegades veia passar algun barret d'home, o una gorra de militar, o un barret de capellà, i em semblaven barquetes que navegaven amunt i avall a cavall de les onades. Fa un bon ramat d'anys de tot això. Vostè és molt jove... —En aquest punt la viatgera ha fet un gran sospir com si ja hagués xerrat prou i s'ha girat cap a la finestreta. La tranquil·litat no ha durat gaires minuts—. Aquests són els millors seients de l'autocar, ¿no li sembla? Quan vaig a Barcelona, sempre m'hi poso, si puc. Aquí el viatge em passa més de pressa. Fixi's en aquell cotxe, aquest d'aquí al davant, el dels esquís. Des que hem sortit de l'estació que no ens ha deixat —Efectivament, davant de l'autocar s'havia aturat un cotxe amb dos jocs de fustes al portaesquís esperant que el semàfor es posés verd—. Dins hi ha una parella que semblen ben enamorats. Tota l'estona que ens han anat al costat que no han parat de fer manetes. ¿No ho troba estrany? —L'inspector no ha contestat. No sap, ni li importa gaire saber-ho, si la vella s'estranya que estiguin enamorats, o bé que se'n vagin a esquiar. La dona, però, continua burxant—. ¿Sap per què l'hi pregunto?

—Ni idea.

—Fixi's en els esquís. Els uns són de pista i els altres de fons. Els sé distingir perquè la meua filla, la petita, té una botiga d'esports i de vegades hi vaig per ajudar-la a despatxar. Al carrer Alcalde Costa, però segur que no la coneix perquè és molt nova. Doncs, ja em dirà vostè quina parella d'enamorats, l'un cap aquí i l'altra cap allà... És clar que dels amors del jovent d'avui dia no en cal fer cas, de primer tot són potxons i abraçades i després, *si te he visto no me acuerdo*...

La vella ha xerrat de moltes altres coses. Fins i tot, juraria que l'ha sentida astrolicar sola mentre dormia. Ara fa veure que repesca el son. De cua d'ull ha vist el rostre de la dona i està segur que si no ho atura a temps, el xàfec pot recomençar d'un moment a l'altre. En efecte, la viatgera ataca de nou:

—No cal que ho intenti, que amb aquesta pudor no dormirà. Deu ser un camió de porcs, és estrany que jo no me n'hagi atalaiat... Potser era un que duia la caixa tapada que ens ha avançat no fa gaire. Només podia ser aquest. Amb això de la pesta, entren els porcs de contraban. La policia ho sap, però no tingui por que no els diran re. Tot és política. Ara que, si els porcs anaven dins de la caixa, ¿com pot ser que facin tanta pudor? ¿Vostè quina explicació li dóna? Perquè, ben mirat, no hi ha res al món que no tingui explicació... Miri, miri, aquest sí que porta porcs de debò! ¿S'hi ha fixat?, tots femelles! Això vol dir que no les porten a l'escorxador sinó a una granja perquè criïn. La veritat és que no paren de construir granges, tot ho empestaran. Al poble del meu gendre... ¿Sap què li dic, jove?, que aquesta pudor que se sent no sembla pas de porc.

—Vaig a estirar les cames —decideix l'inspector aixecant- se del seient. Ben mirat, és l'única escapatòria a l'abast que li queda.

Es gira de cara al passadís, però abans de sortir del seient ha d'esperar que s'acomodi de nou la viatgera de l'altre costat, una senyora grossa que deu tornar del darrere. A fora, el sol ponent és com una pilota vermella embarcada en els núvols de l'horitzó. Tan bon punt l'espai queda lliure, baixa el graonet i de seguida es gronxa passadís avall, tot agafant-se amb les mans als respatllers de banda i banda per no perdre l'equilibri amb els sotracs. L'autocar va gairebé buit. Al fons del passadís, damunt del banc format pels cinc seients que tanquen l'autocar pel darrere, hi ha un home ajagut. Del passadís estant, es pot veure només la part central del cos: un pam de pantalons foscos per un costat i una mica més de camisa blau cel per l'altre, separats per un cinturó que s'endevina sota la camisa. L'inspector sap que el viatger és un polític important de Lleida, Feliciano Morán, diputat al parlament de Catalunya pels autèntics del PENA. Quan el polític ha pujat al cotxe a Barcelona, a la parada de la Diagonal, aquella pesada que té al costat li ha dit baixet: «Ja veurà com s'anirà a estirar al seient de darrere. Sempre ho fa, sap. És molt treballador, el senyor Morán. No és com la majoria de polítics, que només hi van a dormir, al parlament.»

Passada la plataforma giratòria que articula el remolc, enfila l'últim tram de passadís, ara més a poc a poc, tot observant els seients de banda i banda, com si busqués un forat on instal·lar-se. Finalment, es decideix per un lloc a la seua esquerra, però en el moment d'entrar-hi s'adona que els seients tenen la tapisseria estripada. Els seients de l'altra banda de passadís presenten el mateix estat de deixadesa. L'inspector s'acomoda, per fi, al penúltim seient de la filera dreta, en el sentit de la marxa de l'autocar, just davant del llit improvisat del diputat Morán, les cames del qual endevina a tocar del seu respatller. A fora, els últims raigs de sol del dia s'acomiaden dels arbres i dels conreus de secà. Avellaners, oliveres, garrofers, envolten aquí i allà cabanes arrodonides de paret seca com iglús de roca, cabanyes construïdes, se li acut al viatger, amb les pedres que han hagut de traure del mig del camp per poder-lo conrear. Una terra ben miserable, a fe de Déu! Si més no, a l'horta de Lleida, hi ha aigua en abundància i no t'has de barallar amb els rocs com aquí. Un pagès esporga la vinya prop del tractor, un John Deere de color verd, la mateixa marca i color que tenen a casa seua, per bé que aquest sembla un model més petit. A cavall del tractor, porta el pensament fins als seus anys de joventut a la torre de l'horta. Recorda que ell mateix es va triar el John Deere a la fira de Sant Miquel. A son pare li semblava que tan potent no calia, que amb un tractor mitjanet, de cinquanta cavalls, en tenien prou. Però ell el va convèncer de seguida: posats a comprar un tractor nou, que fos una bona màquina, que tant servís per arrencar fruiters com per aplanar un camp el dia que convingués. De fet, gairebé no va tenir temps d'estrenar-lo...

No va dir res al vell fins que no ho va tenir tot ben lligat. Quan li va comunicar que l'havien admès per al curset de mosso d'esquadra, l'home es pensava que l'hi deia de conya. Després, al veure que anava de debò, de poc que no el trau fora de casa a empentes. «Cristomvalgue!», va renegar el vell en nom de sis generacions d'hereus de can Massanés. «Abandonar la terra d'aquesta manera, dinou jornals i mig de terra de reg! I tot, per anar a fer de policia, l'ofici més servil i rastrer que hi pugui haver mai sota la capa del cel.» El vell s'enorgullia de contar que una vegada, quan el conflicte dels masovers de Montagut, havia empunyat un mànec i s'havia girat a garrotades contra una colla de guàrdies civils que volien expulsar els pagesos de les seues pròpies terres. També la mare va arrufar el nas davant la decisió del fill. Ella de jove havia tingut la seua guerra particular contra els policies. Li agradava rememorar, especialment en el sopar anual que des de feia segles celebrava amb les amigues d'escola, que quan estudiava a

Barcelona, en una ocasió ella i les seues companyes de Belles Arts van llençar des de l'aula trossos de guix i de fang sec contra els *grisos* que els assetjaven des de fora, per impedir que aquests entressin a la facultat. Si el sopar era a casa, a la torre can Massanés, el pare saltava dient que ho comprenia perfectament, que amb tanta feina per defensar-se dels *grisos*, no li quedés ni un minut per estudiar i per això no aconseguís d'aprovar ni el primer curs de la carrera... En canvi, la germana no podia presumir de cap batussa important amb els homes d'uniforme. Ella era una noia normal, d'una generació sense policies grisos, ni llibres rojos, ni revolucions per fer, ni campus, ni facultats per defensar de la repressió franquista. Només de tant en tant, la xicota tenia raons amb algun municipal de Lleida entossudit a clavar-li la multa, sempre de manera injusta. La darrera vegada, per exemple, el municipal pretenia multar-la per haver deixat el cotxe aparcat en triple fila, només un moment, el moment just d'entrar a la pizzeria i menjar-se la pizza...

Aigua passada i ben de pressa, conclou l'inspector. El primer dia que es va presentar a la torre amb l'uniforme flamant dels mossos d'esquadra, les reticències van desaparèixer. En el fons, a tothom li agraden els uniformes, especialment als vells i a les dones. Siguin del color que siguin. Ben orgullosos que n'estan, ara, d'un fill que als trenta-un anys és l'inspector de policia més jove de la província de Lleida, i que ja ha sortit no sé quantes vegades al diari.

La mare encara avui està convençuda que la decisió d'entrar als mossos fou obra de la Marta. «Sort en vas tenir d'aquella novieta», li va recordar la darrera vegada que va anar a la torre. «Segons per a què semblava una mica grillada, però tu Sergi li pots donar les gràcies!» I va afegir com qui no hi toca: «Se'n va anar a Barcelona, ¿oi? Segur que deu tenir una bona feina.» «No ho sé, mare», va tallar ell. «Des que vam trencar, que no n'he sabut re més.» A la Marta no li ha d'agrair re, pensa el jove policia. Està convençut que quan la va conèixer i van començar a sortir junts, ell ja ho tenia pensat, d'entrar als mossos d'esquadra.

Amb tot, també ha de reconèixer que la nòvia li va donar ales des del primer moment. «Una gran idea, lo millor que pots fer», va exclamar entusiasmada quan li va confessar la vocació de policia autonòmic. «Decididament, un xicot intel·ligent i ambiciós com tu és malaguanyat per a la terra. Pensa que en una Policia de nova creació com suara són els mossos de l'esquadra, els qui primer entrin, s'enfilaran de pressa cap als comandaments més alts. Pensa que no tindràs ningú al davant que et barri el pas, que per ocupar la seua cadira no hauràs d'esperar que els vells es jubilin o traspassin.» I va posar l'exemple del seu amic d'Eslovènia, que en tan sols dos anys, havia passat de ser un pagès sense futur, a comandar la Policia de la província de Blett. Una oportunitat com aquesta ben segur que no se li tornaria a presentar mai més en la vida. És cert també que, un cop es vestís l'uniforme, la remuntada no fóra automàtica, que no es pensés que només caldria pitjar els botons de l'ascensor i amunt que fa baixada! No, de cap manera. Per pujar de pressa, a part d'ambició personal, cal tenir o bé padrins que t'aüpin o bé, com en el seu cas, un títol universitari a la butxaca. De lletres, de lleis o de números, del que li fos més fàcil d'aconseguir, que lo que compta és la titulació superior, no pas els coneixements. En això va seguir al peu de la lletra el consell de la nòvia. Va deixar Agrònoms (estudis que havia començat amb la idea de portar millor les terres de casa, però que al llarg de tres cursos tot just si n'havia aconseguit d'aprovar un parell d'assignatures) i es matriculà en una facultat on totdéu aprovava. Així al cap de quatre anys podia exhibir un títol universitari, ara no recorda si de dret canònic, d'història d'Espanya o de geografia de la quinta forca.

De més a més, la Marta se li va oferir per convèncer els vells, un pas que ell encara no havia donat i que ajornava contínuament. «No t'encaboriïs ni basquegis pels teus progenitors», li va etzibar la noia. «Un dia em persono a la casa pairal i els dic quatre berlandines, si cal alçant el diapasó.» El Sergi no la va entendre del tot, però no hi va donar importància: des que havia entrat d'interina en una oficina de la Generalitat, parlava estrany, emprant paraules que només es troben al diccionari Fabra. Paraules selectes, com la roba de marca que ella s'anava a comprar a Barcelona. De la mateixa manera, doncs, que havia mudat de roba i de pentinat (ara duia els cabells curtíssims, tenyits de ros), havia canviat també de paraules. La nòvia es va presentar un diumenge a la torre, amb un vestit jaqueta negre que amb el pentinat juvenil li quedava molt bé, i amb una carpeta sota el braç, en comptes de bossa, com una venedora disposada a fer clients. Amb prou feines si s'havien assegut a taula per dinar, va abordar el candidat a sogre sense miraments:

—¿Que sou propietari de gaire terra, senyor Massanés?

El pagès se la va mirar amb recel, talment la pregunta vingués d'un inspector d'hisenda.

—Dinou jornals i mig —va respondre l'home, legal, sense amagar-se'n ni una punyetera pórca.

—Vol dir unes deu hectàrees —va traduir ell, escombrant una mica cap a casa.

—Una misèria! —va sentenciar la Marta.

—Però tots els jornals de terra de reg! —va remarcar el vell, confiat que l'aigua la faria canviar de parer.

—Tant se val, una misèria de terra de reg, que encara esdevé més esponerosa, si cap! Mireu, bon home, per un català com Déu mana, tota propietat de terra que no sobrepassi les cent hectàrees, és una bagatel·la. Sé que sou nacionalistes —va continuar la noia amb to persuasiu—, que voteu els de casa, per això, a partir d'ara us proposo de treballar pel país.

Acte seguit, la Marta va desplegar la proposta mitjançant un discurs abrandat. Tradicionalment, va constatar, els catalans ens hem dedicat a l'agricultura, al comerç i àdhuc, a la indústria. Com qualsevol país civilitzat del món, al capdavall. Però, a diferència de les altres nacions riques, ens hem desentès de la política. Hem permès que altres ens governin, que ens imposin llurs lleis, que ens vinguin a recaptar la contribució, que ens maleduquin els nostres fills... I així ens ha anat, ai las! Si triguem un minut més a adonar-nos-en, tot el país (i permetin-me el vulgarisme), el nostre estimat país, a fer punyetes. Nogensmenys, hi hem arribat a temps i ara cal esmenar la tradició. D'ara endavant, cal que els catalans tanquem botigues i fàbriques, abandonem els camps i llurs fruiters, i entrem tots a l'administració.

—Però, si tanquen les botigues, ¿on anirem a comprar? —va preguntar la mestressa.

La resposta fou contundent:

—Als establiments comercials d'autoservei amb una àmplia oferta de productes de consum, sobretot d'alimentació, altrament coneguts com hipermercats.

—¿I qui treballarà la terra? —argumentà el vell.

—Que hi jornalegin els altres catalans.

L'home anava a preguntar qui eren aquests, però la venedora del país no li donà temps i va concloure el discurs:

—Escolteu-me bé, progenitors afortunats. Catalunya necessita el vostre fill i, lo que és més important, el vostre fill necessita Catalunya. Esdevingueu generosos amb el país. Jo us asseguro que arribarà més amunt fent-se policia, que no pas xipollejant pel rec com les granotes o enfilant-se pels perers nans.

Tenia tota la raó, la tia, l'ofici de pagès no té cap futur, ni al secà ni tampoc al reg. A l'horta de Lleida, els pocs joves que es queden a la torre dels pares és perquè no han trobat re més. L'any que el fred no et pren la fruita, fot una pedregada la vetlla de collir i bona nit caragols! I quan tot va bé, el mercat se satura i l'has de malvendre... De seguida, recupera el record de l'exnòvia que li esborra del cap les calamitats del pagès. ¿Per quina conselleria deu remenar les cireres actualment? No està segur si la darrera vegada que hi va parlar, li va dir que encara era a Propaganda, o si ja l'havien passat a un altre departament. Tant se val, sigui on sigui, la trobarà. L'endemà al matí, en pic arribi a la comissaria, mirarà de localitzar-la per comunicar-li el seu nou càrrec. Inspector en cap de la policia judicial de Lleida, ¿què et sembla, nena? Segur que ho celebrarà... També li hauria de dir que surt amb la Berta, que ja fa dos anys que viuen junts i que han decidit de casar-se cap a la primavera...

La lluminària de fora retorna el viatger al seient del cotxe de línia, just quan passen davant d'una àrea de servei de l'autopista. Per un moment se li acut d'anar a rescatar la cartera que ha deixat al palmar del portaequipatge. De tornada fullejaria el diari o bé el dossier que li han donat al màster, i així acabaria de matar els tres quarts d'hora que encara li queden de viatge. S'incorpora del seient agafant-se amb les mans a la nansa del respatller del davant i es queda dret per un moment sense decidir-se a baixar al passadís. D'una llampada, veu allà al davant l'esquena d'un viatger que s'esquitlla a l'amagatall del seient. Es deixa caure de nou damunt l'encoixinat sangonós del seient. Ja està bé com està, amb els trontolls i l'escassa llum de l'interior encara es faria malbé la vista... I encara que hi hagués prou llum, en el fons, no té gaires ganes de rellegir exemples teòrics de crims gairebé perfectes. Ell, lo que vol és estrenar-se de seguida en un crim real, com més enrevessat millor, i així poder demostrar les seues habilitats en el procés d'investigació. A veure si hi ha sort, sospira, i demà mateix algú fot una bestiesa!

Aquí baix el cotxe salta com una mala cosa, molt més que no pas als seients davanters, s'adona el viatger. Amb tant sotrac, sembla mentida que hi hagi algú que es pugui passar tot el sant viatge dormint. Al recordar-se del polític que jeu al seu darrere, li sembla notar una nosa a l'esquena, una lleugera pressió als ronyons procedent de l'altra banda del respatller. No gosa girar-se. Canvia el cul al seient del passadís i espia discretament de cua d'ull. El diputat gairebé no es veu, jeu de bocaterrosa, entaforat dins de l'esquerda oberta entre la filera de seients i el mur dels respatllers. Quina son que arrossega, el paio! Els sotracs l'han fet caure del llit, i ell sense despertar-se, continua clapant de morros a terra com si re. Aquest no es desperta ni que donéssim unes quantes voltes de campana!

De tant en tant es gira enrere, i l'observa directament cada cop amb menys escrúpols. El polític no es mou, ni torna al matalàs dels seients ni, a pesar del fimbreig que el gronxa, no sembla que canviï de postura. El seu cos continua tombat de qualsevol manera tal com els sotracs l'han fet caure del llit. En pocs segons, la imaginació del policia passa del somriure inicial a l'estranyesa, i d'aquesta a la sospita: potser l'home ha patit un atac de cor, o qualsevol altra malaltia fulminant. Sense donar-hi més tombs, s'aixeca decidit, salta al passadís i es corba sense miraments damunt del viatger. Llavors li veu la cara morada i la ratlla sangonosa a l'entorn del coll... Li agafa el canell per palpar-li el pols: és mort.

CAPÍTOL 2

De sobte, aixeca els ulls del cadàver i els llença passadís avall, ullant a dreta i a esquerra, com si encara fos a temps d'enxampar in fraganti l'assassí, en el seu darrer instant de fugida cap a l'amagatall del seient. El policia no veu res que li cridi l'atenció. Tot lo que l'envolta, seients, cortines i passatgers, sembla dormitar bressolat pels balandreigs de l'autocar. S'aboca al vidre de la finestreta, desentela el baf amb la mà i guaita cap a fora per endevinar l'indret exacte de l'autopista on es troben. Per damunt d'un cel crepuscular, es retalla el perfil negrós de les muntanyes de Prades. Més avall, es veu una clapa de llums que s'arraïmen a l'entorn d'unes muralles de postal, il·luminades per una llum grogosa. Montblanc, suposa l'inspector, no pot ser res més. Per tant, encara són a Tarragona, una província policialment forastera, per bé que no poden faltar gaires quilòmetres per entrar a Lleida. Consulta el rellotge: falten cinc minuts per dos quarts de sis del vespre.

Durant uns moments es queda dret al passadís, fent guàrdia al cadàver, ocultant-lo amb el seu cos de qualsevol mirada tafanera, talment una hiena a l'aguait, defensant una carronya que acaba de descobrir. Aquest cas l'ha de portar ell, es proposa, no se'l pot deixar escapar de cap manera. Tot d'una, avança passadís amunt fins al seu antic seient, darrere mateix del clatell del xofer. La botiguera dorm, o potser ho fa veure, el cas és que manté els ulls tancats mentre ell recupera la cartera del palmar del portaequipatge. De tornada cap al cadàver, l'aborda una alegria inquieta, un neguit semblant al que deu sentir qualsevol persona l'instant després de descobrir un feix de bitllets de banc al mig d'un carrer aparentment solitari. Atrinxerat de nou al seient, el mateix que ocupava fins a la descoberta del cadàver, obre la cartera i en treu un telèfon mòbil i un mapa que desplega damunt la falda. Empunya l'aparell, amb la intenció evident de fer una trucada, però al voler marcar, s'adona que no té el número i deixa de nou el telèfon damunt l'encoixinat. Regira nerviós la cartera fins que en treu una llibreteta negra on aconsegueix el número que busca. Llavors tecleja d'un en un els botonets per damunt el plàstic protector, espera uns segons i en pic responen, acosta els llavis al plàstic com si el volgués mossegar i mormola amb una veu confidencial:

—Sóc l'inspector Massanés, de la Secció Judicial de Lleida. ¿Amb qui parlo? Ràpid, passa'm amb el cap de la comissaria. ¿Com es diu? Ah, clar, el Campos... Escolta'm bé, Campos. Et truco des de l'autopista de Lleida, des d'un cotxe de línia de l'Alsina Graells. Han assassinat un viatger... Encara no ho sé, però ha d'anar a la força dins del cotxe perquè no ha fet cap parada... Setanta places, però va gairebé buit... Unes deu persones, quinze tirant llarg. Vull saber quina és la primera sortida de la província de Lleida. Sí, venint de Barcelona... ¿N'estàs ben segur? Bé, doncs, envieu un cotxe patrulla al peatge de Vinaixa... No, l'ambulància no cal. O potser sí, per traslladar el cadàver. Aviseu també el jutge. Com més de pressa millor. Sobretot no em falleu, que el mort és un peix gros. Un polític important... Ara no t'ho dic, ja ho veuràs quan arribis.

Sense entretenir-se a plegar l'estesa del seient, surt de nou al passadís, disposat a anar per feina. Porta a la mà un llibre de format reduït, no gaire més gran que una agenda, que ha comprat al quiosc de l'estació d'autobusos. L'ha agafat de la cartera després de comprovar que el llibret conté, al final de la història, unes quantes pàgines en blanc que han sobrat de la impressió. Es tracta d'una edició mínima de butxaca de la novel·leta d'E.A. Poe, *Els assassinats del carrer de la Morgue*. Quan ha anat a comprar el diari, l'ha vist casualment enmig d'una estesa de portades a tot color. Li ha sonat el títol (segurament algun professor l'havia citat a classe) i com que era prou barata, se l'ha quedat. En aquest moment són els únics fulls en blanc que té a mà on poder fer anotacions.

L'inspector avança unes passes fins a l'alçada del primer viatger. Se'l mira un moment com de passada, procurant de no cridar l'atenció, i una mica més endavant s'atura per gargotejar unes paraules a la part inferior del primer full disponible. Repeteix l'operació amb cadascun dels ocupants de la filera esquerra fins que arriba als seients de davant de tot. Li fa l'efecte que els viatgers no s'adonen de re, qui no dorm, pesa figues o està mig estabornit pel fimbreig del motor. Malauradament, n'hi ha que dormen amb un ull obert:

—Tinc el bitllet a la butxaca de l'abric —s'exclama l'antiga companya de seient, en pic el descobreix. Al veure'l dret al passadís, mirant i escrivint, la dona el deu haver pres per un inspector de l'empresa—. Ajudi'm a atènyer l'abric i l'hi ensenyaré. Veurà com el bitllet porta el número quatre, el del seient. Dec ser l'única persona de tot el cotxe que no m'he mogut de lloc.

«Maleïda vella!», renega per dins el policia, temerós que la dona li esvaloti el galliner abans d'hora. I se li gira de cul sense respondre, disposat a continuar prenent nota, ara dels viatgers de l'altra filera de seients.

—Quina educació, Déu meu! —sent com remuga la viatgera, mentre ell s'allunya passadís avall, prenent notes a corre-cuita amb lletra maldestra, que després potser ni ell mateix sabrà desxifrar. Superat l'últim viatger, rellegeix les dues pàgines d'apunts:

Banda esquerra
—Xofer
—(Primera fila) Botiguera (70 anys)—Jo
—(Un seient enrere) Vell (75 anys) (dorm)
—(Quatre seients enrere)Home robust (55 anys)(llegeix diari esportiu)
(Plataforma del remolc)
—(Cinc seients davant del cadàver) Noia (30 anys) (¿escriu?)

Banda dreta
—(Primera fila)Dona rica (60 anys)
—(Tres seients enrere) Home ros, 50 anys (¿estranger?)
—(Vuit seients enrere) Negre jove
(Plataforma del remolc)
—(Dos seients enrere)Nena (6 anys) (juga)
—(Quatre seients davant del cadàver) Xicot, 18 anys—Noia (més jove)(estudiants) (¿parella?)

Sis i sis dotze, suma el policia. Si descartem el xofer, onze sospitosos d'assassinat. Uns quants menys, si en descompta també la nena i la vella xerraire, la qual està segur que no s'ha mogut del seient. I ell mateix, és clar.

De tornada cap al davant, repassa un per un els viatgers. Hi són tots, no se n'ha descuidat cap. Es queda dret al capdamunt del passadís, recolzant lleugerament el cul al braç del seu primer seient, un ull al vidre del parabrisa i l'altre a la sala de butaques. La millor postura per controlar la situació dins i fora de l'autocar. Des que fa guàrdia, no ha notat cap moviment sospitós. La noia del fons, la que va sola, s'ha posat dreta un moment per agafar alguna cosa del portaequipatge. La nena, també al fons però a l'altra fila, ha tornat cap al davant per asseure's amb la dona que l'acompanya, la seua àvia o potser una tia.

A la seua esquena, la vella tafanera no para de moure's al seient, morta de curiositat... Ell també està nerviós. No pot ser que trigui tant d'arribar el canvi de província, la sortida de Montblanc li sembla que fa segles que ha quedat enrere. *Lleida, 60 quilòmetres.* A la llum dels fars, les lletres dels indicadors s'encenen de lluny amb una fosforescència blanca que en facilita la lectura. *Comarca de les Garrigues, província de Lleida*. L'inspector sospira alleujat. Per fi, són a casa! Immediatament, els fars il·luminen el rètol esperat: *Sortida 8*, *L'Albi*, *Vinaixa*, *1 Quilòmetre*. Passat el cartell, davalla decidit un dels esglaons i s'aboca cap al conductor:

—Ha d'aturar el cotxe de seguida —li diu fluixet.

—Aquest servei és directe —replica el xofer, sense girar-se.

—Li dic que s'ha de desviar a la propera sortida.

—Jo li dic que no fem parades.

—Sóc inspector de policia, li ordeno que es desviï per la propera sortida —I li posa davant dels nassos el flamant carnet que l'acredita com a tal.

—¿Què passa? —s'interessa el xofer, afluixant el peu de l'accelerador.

—Allà al darrere hi ha un viatger mort.

—¿Mort, diu? ¿N'està segur?

—Posi's al carril de la dreta. Ens aturarem a la sortida, al peatge de Vinaixa. La Policia ja estan avisats.

Tan bon punt l'autocar redueix la velocitat i encabat s'esquitlla pel carril de sortida, l'inspector retorna al seu lloc de guàrdia del capdamunt del passadís. De moment, les passatgeres de la primera renglera de seients, les dues dones i la nena, són les úniques que semblen haver-se adonat de la maniobra de l'autocar.

—¿Que parem a posar gasolina, padrineta? —vol saber la nena—. Tinc pipí.

—¿Una altra vegada? —es queixa la padrineta, més pendent de l'autocar que de la nena—. ¿Que no n'has fet a Barcelona, Júlia?

Amb prou feines l'autocar acaba d'arrodonir el revolt de sortida, quan apareixen allà al davant les pampallugues blavoses d'un cotxe de policia. Això sí que és eficiència policial, s'alegra l'inspector Massanés. Però a l'acte reconeix que no són dels seus. «Hòstia els *banderins*!», es desespera. «¿Què collons hi foten aquestos aquí?» Efectivament, a tocar de la taquilla del peatge hi ha un cotxe de la Guàrdia Civil aturat davant d'un camió. A terra, al costat de la caixa, un dels guàrdies discuteix amb un individu, que per la forma ostentosa de gesticular, té tots el números de ser el conductor del tràiler.

—No s'aturi encara —indica al xofer, el qual ja es disposava a aparcar l'autocar darrere el camió—. Continuï fins a l'altra banda del peatge. No és aquesta la Policia que nosaltres esperem.

Per fi, quan el motor de l'autocar deixa de roncar, l'inspector es gira cap als viatgers, disposat a fer-se càrrec de la situació. Alguns s'han incorporat del seient i miren cap al davant exigint una explicació per l'aturada.

—Sóc inspector de policia! —proclama amb un crit a la multitud—. Que ningú es mogui del seient!!

Vol afegir que s'ha comès un assassinat durant el viatge, quan s'adona que un dels guàrdia civils s'atansa perillosament a l'autocar. A dos pams de la finestreta del xofer, el guàrdia saluda militarment i diu alguna cosa que des de dins no se sent. El xofer baixa el vidre de la finestreta.

—Bona tarda —saluda de nou el civil amb la mà a la visera de la gorra i un castellà del sud de Despeñaperros—. ¿Tenen cap problema?

El xofer es gira cap al mosso d'esquadra de paisà, volent indicar que aquest li ho explicarà tot. Però aquest no té la més mínima intenció d'explicar-li re, al *banderín* intrús.

—¿Per què han sortit de l'autopista? —insisteix el tricor-ni—. ¿Una avaria, potser? ¿Que han de menester ajuda?

El xofer es veu forçat a respondre:

—Portem un viatger mort —barboteja en un castellà lamentable— hi ha hagut un assass...

—No passa re! —talla el Massanés amb un bram que escapça la darrera síl·laba de la frase.

El civil s'acosta més a la finestreta, la visera de la gorra fregant el vidre:

—¿Com ha dit?

—Digui-li que no passa res —l'apunta l'inspector a cau d'orella. Però els nervis li fan perdre els estreps—. I que fotin el camp d'una vegada! —brama fora de si—. Que la província de Lleida ja està traspassada als mossos!

—Moltes gràcies, però no necessitem ajuda —tradueix lliurement el xofer. I afegeix, també de la seua collita—. Un passatger que es troba una mica malament, sap.

Massa tard, el civil ha sentit campanes i vol saber on:

—¿No ha parlat abans d'un crim? ¿Què cony diu aquell? Que parli en espanyol, cony! Puta mania amb el català. Vejam, ¿què cony passa aquí dins?

El policia autonòmic no es pot aguantar més. S'aboca a la finestreta i escup als morros del tricorni tota la mala llet que li bull per dins:

—A vosaltres, no us importa una punyetera merda! Foteu el camp a Tarragona, que som a les Garrigues i aquí no se us hi ha perdut re!!

—Caram, home —el civil continua dirigint-se al xofer—. Pensava que aquest era el seu ajudant. Ara veig que porta un gos. Digui-li que la guàrdia civil persegueix els gossos rabiosos a tot el territori nacional. Digui-li...

—Obri les portes, sisplau —l'interromp expeditiu el company d'uniforme, el qual ha acudit també a l'autocar poc després de començar la discussió.

Mentre el civil dóna la volta per davant de l'autocar, el Massanés es gira cap a la porta disposat a rebre'l. Aquest tricorni no li sembla tan exaltat. El saluda educadament, cosa que l'obliga a enraonar en castellà benemèrit, i s'identifica com a company de professió mostrant-li la tarja de la Policia autonòmica. Tot seguit, sense moure's de l'esglaó d'accés per tal d'impedir que l'altre pugi a l'autocar, el posa al cas de l'assumpte. Han assassinat un viatger de l'autocar, però tranquil, que la situació està controlada: els mossos d'esquadra i el jutge ja estan avisats i no poden trigar a venir. El civil sembla quedar bastant convençut per l'explicació. Tant de bo que se'n vagi de seguida, perquè al seu darrere els viatgers estiren el coll per tafanejar i xerren entre ells, fora de tot control.

—¿D'on vénen? —vol saber el civil.

—De Barcelona.

—¿I en quin moment del viatge calcula vostè que s'ha produït el crim?

El mosso d'esquadra ja s'ensuma on vol anar a parar:

—Fa un moment. No pot haver passat gaire estona.

—¿Què vol dir gaire estona? Concreti, si us plau.

—Molt poc. Tan aviat com he descobert el cadàver, he fet desviar el cotxe cap a la primera sortida… Mitja hora, tirant molt llarg.

—El crim ha tingut lloc mentre l'autocar era a la província de Tarragona —conclou el civil—. És competència de la Guàrdia Civil. Li prego que em deixi entrar.

En aquell moment ressonen uns crits entre els viatgers:

—¡*Siéntense coño*! —esbramega l'altre civil en un castellà *tejerista*, intraduïble a qualsevol llengua del món civilitzat—. *¡¡¡Todo el mundo a su sitio, coño !!!*

Mentre ells dos parlaven, s'ha esmunyit dins l'autocar per l'altra porta, suposa l'inspector. Deu haver vist el mort, probablement algun viatger li ha dit que era parlamentari del Partit Espanyol del Nacionalisme Autèntic, i ara ja no hi ha Déu que l'aturi. Palplantat al mig del passadís, el tricorni li barra el pas, brandant la pistola.

—Vostè també! Segui al lloc on era abans! —I afegeix dirigint-se al seu company d'uniforme que ha pujat a l'autocar darrere de l'inspector—. Truca a la caserna i parla amb el capità. Que vinguin de seguida. Hi ha hagut un atemptat terrorista.

Immobilitzat al seient, l'inspector Sergi Massanés guaita cap a la nit de fora, esperant amb candeletes que d'un moment a l'altre apareguin les sirenes salvadores. Un guerrer sioux, presoner dels federals, no estaria menys fresós davant l'arribada imminent dels seus.

CAPÍTOL 3

Lizardo Ledesma, capità de la Guàrdia Civil de Montblanc, fulleja el diari provincial. Atrafegat tot el sant dia en l'inventari de la caserna, fins ara al vespre no ha tingut temps ni de mirar el diari. A la Comandància volen saber tot lo que hi ha a la caserna: des del nombre de llits fins a l'últim orinal arraconat al traster de l'època que no hi havia lavabos a les habitacions. Passant per la imatge de la Mare de Déu del Pilar que presideix la capelleta del pati. Vint anys enrere, quan ell va arribar destinat a la caserna, a la imatge li queia una llàgrima cada vegada que mataven un guàrdia civil a les Vascongades. Tot d'una, poc després del fracàs de Tejero, la Pilarica del pati va deixar de plorar... Li han assegurat de Barcelona que la Guàrdia Civil continuarà al poble, després que s'hi instal·lin els mossos d'esquadra. No en cal fer cas. A Girona també els ho van prometre i després, un cop desplegats els mossos, els van anar escombrant de tots els pobles de la província. Ben mirat, ¿què hi han de fotre tres policies, comptant els municipals, en un poble petit? Almenys que esperin un parell d'anys quan ell es jubili, llavors que facin lo que vulguin. Com si volen enderrocar la caserna i construir-hi una depuradora d'aigües residuals! No fóra el primer poble que ho fan!... Ara, mentre ell hi sigui, la caserna de Montblanc resistirà. Com la fortalesa heroica d'Intxaurrondo, gloriós Alcàzar de Toledo assetjat fa anys pels separatistes bascos.

El nom d'una esquela, José Antonio Marín Arrufat, exgovernador civil de Tarragona, li crida l'atenció. Quan era al govern civil, més d'una vegada havien anat junts a caçar isards. Donava gust acompanyar-lo: a tot arreu, fins i tot fora de la província, el rebien millor que si acompanyés un ministre. Quan van entrar els socialistes i el van treure de governador, el va anar a veure per demanar-li si podia fer alguna cosa perquè el destinessin a l'Aragó, al poble que fos. Marín tenia moltes influències a Saragossa... Al cap d'uns dies Marín el va trucar: el poble més a prop de l'Aragó que havia aconseguit per a ell era Montblanc. «Hi estaràs bé, t'ho dic jo. Bon vi, bona teca i xicotes maques. ¿M'has de prometre que et casaràs, eh?», va bromejar l'ex. «Un guàrdia civil sense parella és un contrasentit.»

Ni les dones, ni el vi de la Conca, ni els calçots amb salsa... lo que més li va agradar del seu nou destí fou un parell d'armaris metàl·lics. «Tenim més separatistes aquí dins que a Barcelona», va fer tot orgullós el brigada López quan li ensenyà l'arxiu de la caserna. És clar que, tot s'ha de dir, aquí no tenien ni un sol comunista. La seua especialitat eren els separatistes catalans. El brigada va explicar que l'arxiu s'havia començat tres anys enrere, amb motiu de l'anunci d'una gran concentració de separatistes a Poblet, coneguda com la *Marxa de la Llibertat*. El tinent Benítez, llavors cap de la caserna, va enviar una carta a totes les casernes de Catalunya demanant una còpia de cada fitxa de catalanista que tinguessin. En van rebre més de deu mil. ¿Qui es podia imaginar que n'hi hagués tants? Després de la concentració, que va resultar un fracàs gràcies a l'arxiu, el tinent va continuar ampliant la col·lecció. «Hem rebut felicitacions dels comandaments més alts del Cuerpo, fins i tot del ministre de l'Interior, Fraga Iribarne...» va concloure el brigada, temorós que el nou cap de la caserna fos un d'aquests guàrdies que es fan amics dels socialistes, i que per tant, no veiés amb bons ulls la seua col·lecció de separatistes.

Podia estar ben tranquil, el vell brigada. Ledesma no només va posar al dia l'arxiu amb noves fitxes procedents de Catalunya, sinó que va estendre l'àmbit territorial a altres províncies espanyoles infectades també pel virus catalanista, com les Balears, València o Alacant. Tal com temia feia temps, un mal dia va arribar l'ordre de destruir totes les fitxes i expedients oberts a la caserna per motius polítics. Ni parlar-ne! Si els seus superiors s'havien descordat els pantalons davant dels polítics, ell no. Guardaria l'arxiu d'amagat, a la seua habitació, fins el dia que el govern d'Espanya fos rescatat per un patriota autèntic, un d'aquests militars que els tenen ben posats. Per encabir a la cambra els armaris, es va veure obligat a canviar el llit de matrimoni per un catre de solter. Abans de ficar-se al llit, llegia unes quantes fitxes (els alcaldes dels pobles veïns, posem per cas) i de seguida s'adormia com un angelet, sense traure's les botes ni l'uniforme.

El canvi de mobles va significar la renúncia definitiva a viure amb una dona. Li va semblar que ja era massa vell. En realitat, d'ençà que havia complert els trenta tenia la sensació que ja era massa vell per casar-se. Després, quan en feia trenta-cinc, s'adonava que no, que als trenta un home encara es jove, en canvi, als trenta-cinc... I així, sentint-se vell en el present i jove en el passat, havien volat trenta anys. Tenia raó el Marín, un guàrdia civil sense parella és l'home més solitari del món...

El telèfon acut a fer companyia al capità solitari. És el sergent Méndez que diu que truca des de Vinaixa. ¿Què cony hi fan a la província de Lleida? ¿Que no sabeu?... Naturalment, que ho saben. Explica Méndez que just al límit provincial han descobert un camió sospitós, un d'aquests del contraban de carn dels països comunistes, i per inspeccionar-lo, l'han desviat cap a la propera sortida, que ja és de Lleida. No tenien altre remei. Però el camió no era lo que es pensaven, no truca pas per això. Resulta que estant al peatge, ha arribat un autocar de l'Alsina Graells, aquestos de la línia Barcelona-Lleida. A l'autocar hi ha hagut un assassinat durant el viatge. La víctima és un polític important de Lleida, un tal Feliciano Morán, del partit dels espanyols autèntics. ¿Li sona el nom, capità? No, però no té res d'estrany. Al capità Ledesma, els únics polítics importants, els qui de debò li sonaran tota la vida, ja fa temps que crien malves. Tant se val, continua el Méndez, es tracta segurament d'un atemptat terrorista. Un atemptat comès amb tota probabilitat mentre l'autocar travessava la província de Tarragona. Per això, tenen el cotxe immobilitzat. A l'autocar hi va un individu que els ha fet molt mala espina. Diu que és mosso d'esquadra, ensenya un carnet d'inspector de policia, però pot ser falsificat. I encara que fos de debò un policia autonòmic, el paio fa sospitar... Diu que és ell qui ha descobert el cadàver durant el viatge, i que ha avisat per telèfon els mossos de les Borges Blanques... ¿Què fan, en cas que es presentin els mossos? ¿Lliuren la tripulació als *viagres* o resisteixen? Resistir, naturalment: la consigna del *Cuerpo* no preveu cap altra alternativa. Fins a vessar, si cal, la darrera gota de la vostra sang, anava a rematar, però li sembla una mica exagerat. En fi, que aguantin ferms a l'autocar fins que ell arribi amb guàrdies de reforç.

Malauradament les bones intencions del capità Ledesma topen amb un seguit d'entrebancs funestos, inexplicables per a qui no creu en la fatalitat. En primer lloc, es troba que en aquest moment a la caserna no hi ha cap cotxe disponible. Sembla mentida, però és així. En vint anys que fa que comanda la caserna no havia ocorregut mai cosa semblant. S'ha hagut d'escunçar que hi hagués dos cotxes al taller de reparacions i el Patrol, que hauria d'estar de guàrdia, ha sortit d'emergència per un accident a la carretera de Reus.

Quan al cap de mitja hora aconsegueix finalment recuperar un cotxe-patrulla, se'l troba amb la llumeta de la reserva encesa, exigint gasolina per l'amor de Déu. A la sortida de la gasolinera, una nova trucada del Méndez des del front de guerra l'adverteix d'un canvi de ruta. No cal que vagi al peatge de Vinaixa. Han arribat els mossos, un fotimer de furgons de *viagres*, com si l'autocar fos ple de terroristes. De moment ell i el Bermudo els han plantat cara, però darrere d'ells venia el jutge i, és clar, sisplau per força, han hagut de posar-se a les ordres de l'autoritat judicial. El jutge ha ordenat el trasllat de l'autocar, amb el cadàver i els viatgers a dins, a les Borges, a la nova comissaria dels mossos d'esquadra. Sembla que vol encarregar-los, si no ho ha fet ja, la investigació del cas. Ells han seguit l'autocar. En aquest moment són a l'entrada de les Borges, aturats davant d'una manifestació de protesta contra els peatges.

—No els perdeu de vista —ordena el capità—. Arribarem dintre de poc!

Per sort condueix el Blanco, expert en cartografia i doncs, bon coneixedor de la geografia del país. Ell sap una drecera que els estalviarà l'embús dels manifestants a l'entrada de la població per la carretera de Tarragona.

Aviat es veu que de manifestants ben segur que no en trobaran, però lo que és de revolts, se'n faran un bon tip. El capità Ledesma treu foc pels queixals: quina colla d'ineptes! Travessen l'Espluga Calba, després la Floresta, després Arbeca, però cap indicador de les Borges, com si quedés encara a l'altre extrem de món. El Blanco s'excusa com pot: resulta que ha confós Bellpuig amb Puiggròs. Aquests noms catalans són tan reconsagradament semblants... «Doncs si no saps on vas», brama el capità a l'entrada de Vilanova de Bellpuig, «atura't i pregunta-ho!».

—¿Però vostès d'on vénen? —s'estranya la senyora al veure que van al revés.

—Venim d'Arbeca —fa tot convençut el Blanco.

—Ja es nota, ja —somriu la padrina per sota el nas. I els aconsella que tornin per on han vingut, i un cop a Arbeca, que ho preguntin.

Al pàrquing de la comissaria de les Borges hi ha un eixam de cotxes i de policies, tots a l'entorn de la baluerna de l'autocar, aparentment més gran que el mateix edifici de la caserna. És la primera vegada que el capità veu de prop una comissaria dels mossos. Comparada amb la caserna de Montblanc sembla un edifici d'una altra galàxia. Un pavelló de fira de mostres, en comptes d'un edifici de seguretat. A la primera bomba, tot a fer punyetes...

Al costat de l'autocar, s'espera una ambulància amb el xofer a dins, cosa que li fa suposar que encara no han aixecat el cadàver. No ha fet dos passos quan un mosso li crida l'alto. Té ordres estrictes de no deixar apropar ningú a l'autocar, encara que sigui policia. Ho ha de comprendre, s'excusa amb educació un guàrdia que encara no s'afaita, el forense i els de la científica volen treballar tranquils. Al girar-se, es troba amb el Méndez que li dóna les novetats: el jutge ha deixat la investigació en mans del mossos i se n'ha anat a sopar al restaurant. ¿Vol que l'hi acompanyi, capità?

—I tant que sí! Anem, Méndez.

Troben el jutge entaulat tot sol, concentrat en la carta de vins. És un home d'una cinquantena d'anys, calb i vermell de cara, amb un bigotet retallat que al capità li recorda temps gloriosos. Li inspira confiança, sobretot després d'haver vist tanta canalla amb uniforme blau pul·lulant pels volts de la comissaria. El civil l'aborda d'entrada, tot advertint-lo del greu error que s'està cometent en la investigació. Amaneix la seua protesta amb un doble argument. Primer, el crim ha tingut lloc mentre la víctima viatjava per la província de Tarragona i, per tant, és allà on s'ha de portar la investigació del cas. Segon, la policia autonòmica no pot investigar un atemptat terrorista.

—La víctima no viatjava, es traslladava —matisa el jutge—. Si es tractés d'un d'aquests autocars que entren a tots els pobles i hi fan parada, llavors podríem parlar de viatge. Però els serveis directes dels autocars, s'han de considerar trasllats, igual que els viatges amb avió. Si en un avió es cometés un crim, just quan passa damunt de la seua caserna, ¿ho consideraria competència seua? ¿Aniria vostè a reclamar a Barcelona, o a l'aeroport de la quinta forca on hagués aterrat l'avió? ¿Oi que no?

—No és lo mateix —protesta el capità.

L'home del bigotet no vol discutir més d'aquest assumpte. Pel que fa a la qüestió del terrorisme, de moment no hi ha el més mínim indici que es tracti d'un atemptat. Pot estar, però, ben tranquil, que en pic la policia en trobi la primera pista (si realment la troba), ell s'inhibirà a favor de l'Audiència Nacional. Ara per ara, és massa aviat per aventurar cap hipòtesi. Ni tan sols tenim un sospitós. L'interrogatori dels viatgers i la recerca d'empremtes tot just si ha començat.

—De les empremtes dactilars se n'encarrega la Policia Nacional —remarca el jutge—. La brigada científica de Lleida té molta experiència.

Ja ha fet bé, ja, s'alegra el civil, de no refiar-se d'aquesta patuleia d'aprenents. Ara que, si la Policia Nacional hi pren part, ¿per què no la Guàrdia Civil?

—Em sembla molt bé —aprova el capità—. Però tingui en compte també que els meus homes són la primera policia que ha trobat el cadàver, els primers d'arribar al lloc dels fets...

—Deixi-ho córrer, capità —el jutge gira els ulls cap al Méndez—. Ja ho hem discutit abans amb ell. Si de debò els seus homes tenen alguna dada interessant a aportar, que parlin amb el cap de la comissaria. El sergent Campos és un home pràctic i assenyat. Ha començat a interrogar els viatgers, a l'espera que arribi la Policia Judicial de Lleida.

«¿Campos, ha dit?», es pregunta esperançat el capità. «No deu pas ser el Diego Campos?» Com que el jutge no l'hi pot aclarir, abans de sortir del restaurant, ho pregunta al cambrer. Efectivament, l'empleat li'n sap donar raó:

—El cap de la comissaria dels mossos es diu Dídac Campos.

—¿Dídac o Diego?

—És igual —riu el xiquet—. Dídac és Diego en català.

El capità retorna pensatiu a la comissaria dels mossos. Així que el Campos és un d'aquests caragirats que per quedar-se a casa i guanyar més, han penjat l'uniforme! Tan mosca morta que semblava a la caserna, però vés-li al darrere... S'ha de reconèixer, però, que era un bon element. Dòcil i complidor. No recorda haver tingut mai cap enganxada amb ell. En tot cas, l'únic inconvenient era que cada dos per tres li demanava un dia de festa per anar-se a examinar. Estudiava alguna cosa per correspondència... No, el Campos no s'hi podrà negar. Encara que porti un altre uniforme, no se l'imagina contradient una ordre del capità... A l'entrada de la comissaria hi ha un formigueig de mossos i de policies de paisà.

—Vull parlar amb el sergent Campos —diu al primer que troba.

—¿De part de qui? —fa el mosso amb cara de ximplet. Com si les estrelles de capità no volguessin dir re. La majoria d'aquests segur que deuen ser desertors del servei militar!

—Capità Ledesma, cap de la caserna de Montblanc.

—S'haurà d'esperar un momentet. El sergent Campos té una visita.

A la dreta hi una sala gran amb tot de gent, que ell imagina que deuen ser els viatgers de l'autocar. Tafaneja passadís amunt observant a dreta i esquerra. Tot d'una s'obre la porta de l'esquerra, blava i nova com tot, i en surt un guàrdia, que es queda un moment mirant el capità com si veiés una bèstia estranya. Al passar davant d'ell, mastega un «hola» imperceptible, de compromís, i es perd en direcció a l'entrada. Com que el mosso ha deixat la porta entreoberta, ell s'hi acosta a treure-hi el nas tot passant, com qui no vol la cosa. Dins hi ha un parell de persones. Una dona menuda i bastant vella, que seu prop de la porta, i cap al fons de la cambra, un paio rabassut vestit amb un jaqueta de color blau marí. Potser aquests també són viatgers, potser els més sospitosos... Tan aviat com la dona el descobreix a la badadura de la porta, fa un bot de la cadira i se li atansa, sens dubte amb la intenció de dir-li alguna cosa.

—Ja era hora que pogués enraonar amb un policia com Déu mana! —diu la senyora.

El capità, complagut per l'elogi, dubta un instant entre escoltar-se la suposada viatgera o passar de llarg. La insistència de la dona l'acaba de convèncer:

—Només un moment. Rumiant, rumiant, he descobert una bona pista. Una pista que ens pot dur pel bon camí.

—Digui, senyora —l'apressa el capità, ara tot orelles—. Es refereix a l'autocar, ¿veritat?

—Naturalment, de què vol que li parli, si no! —Gira el cap discretament cap a l'altre viatger i afegeix fluixet: Me l'han pres fora de Barcelona.

—Li han pres ¿què? —s'estranya el civil.

—La caçadora de pell, què vol que sigui!

—No sé de quina caçadora em parla, senyora!

De cop, els xiuxiuejos confidencials de la dona es converteixen en escarafalls de disculpa:

—Oh, perdoni. Perdoni, senyor civil. Clar, vostè ara no sap de què li parlo. M'he confós, ¿sap? Pensava que vostè estava al cas de la denúncia que he fet al baixar de l'autocar. M'ha desaparegut una caçadora de cuir, nova, d'home, de color taronja amb el coll de pell girada. Havia d'haver començat per aquí. Doncs, ara sé que no me l'han pres a Barcelona. ¿I sap per què n'estic tan segura?

—¿Ha dit una caçadora d'home? —El capità observa l'abric que la senyora ha deixat al seient, a tocar de la bossa de mà.

—Just, d'home. De color taronja amb el coll de pell girada tirant a verd —s'entusiasma la velleta—. ¿Que ja l'han trobat, potser?

El capità s'adona de la tornada del guardià. El mosso s'ha aturat unes passes abans d'arribar a la porta i els observa amb un somriure foteta, tot remenant un gotet blanc de plàstic que porta a les mans. Si et vols escoltar aquesta sonada, estàs apanyat, llegeix en la cara de l'agent.

—¿Ha aparegut, o què? —repeteix la dona.

El capità gira cua passadís avall, dret cap al despatx del Campos. Què s'han cregut aquestos de fer-lo esperar tanta estona!

CAPÍTOL 4

L'última cosa que pensava aquell jove hermano *de 22 anys, que guaitava per la finestreta d'un cotxe de línia atrotinat, on viatjaven també mitja dotzena d'homes amb sengles maletes de fusta lligades amb un cordill, una dona endolada, un nen vestit de mariner i un pollastre dins d'una cistella de la qual treia el cap per una obertura al drap cosit que la tapava, l'última cosa que pensava Feliciano Morán Ponce aquell dia, era que trenta-sis anys després havia de morir escanyat al darrer seient d'un autocar, més modern i confortable, que aquesta carraca que el portava a Lleida. Venint com venia d'una petita ciutat de les faldes del Moncayo, que comptava amb set convents, tretze esglésies i vint-i-una relíquies incorruptes (tres de les quals eren mòmies de cos sencer), la capital del Segre, amb el seu carrer Major flanquejat d'aparadors espurlents, li devia semblar diabòlic, talment la mateixa Babilònia bíblica.*

Tanmateix, ell, com a professor de matemàtiques, podria continuar vivint en el país dels números, on tot és net, perfecte, exacte. Acabats els estudis al convent de l'orde de sant Gumersindo de las Pitas, els seus superiors l'havien destinat al col·legi que la congregació tenia a Lleida. Els exalumnes del col·legi, els sindos *com encara avui es coneixen entre ells, recorden l'*hermano *Feliciano com un professor competent, estricte i just fins a l'exageració. A l'hora de puntuar els exà-*

*mens, filava tan prim que donava les qualificacions amb tres decimals, per bé que després al butlletí de notes destinat als pares, a la secretaria li suprimien les centèsimes perquè no hi havia prou caselles, fet que li costava una enrabiada. Al llarg de més de vint anys de mestratge, l'*hermano *Feli va alliçonar centenars de joves lleidatans de casa bona, els va ensenyar les complicades operacions matemàtiques que després els seran imprescindibles per aprovar l'examen de maduresa i entrar a la universitat, imprescindibles per avaluar els beneficis de deu camions de mançanes destinades a l'exportació, d'un bloc de pisos de protecció oficial o d'una cadena se supermercats; imprescindibles, en fi, per saber fer funcionar la calculadora de butxaca.*

*L'any 1973 el van nomenar director del col·legi, després que, d'un dia per l'altre, l'antic director s'hagués fugat a l'Amèrica del Sud amb la professora interina de Ciències Naturals. Va començar llavors un goteig de desercions d'*hermanos*, especialment als col·legis que l'orde tenia a Catalunya, però també a la ciutat sagrada del pare fundador. «Que se'n vagin, que se'n vagin», pensava el nou director, «així aviat arribaré a Provincial de l'orde.» Però se'n van anar massa. L'últim de plegar va ser el secretari, el qual, ves qui ho havia de dir, s'entenia d'amagat amb la dona de fer feines, i de pas se'n va emportar els milions del compte corrent del col·legi dipositats al banc. El Pare Provincial, després de liquidar el col·legi a una immobiliària, li va proposar d'anar-se'n a Barcelona, a viure en un pis, on s'havien atrinxerat els supervivents de l'epidèmia secularitzadora, els últims* sindos *de Catalunya. L'hermano Feliciano va respondre: «Pare, em sap molt greu, però aquest calze, jo no em veig amb cor d'empassar-me'l.»*

De la nit al dia es va trobar vagarejant sense hàbits per la Rambla de Barcelona, prop de la pensió barata on s'havia ins-

tal·lat provisionalment. De cop s'havia quedat sense feina, sense família (ja se sap, que per als frares l'única família és l'orde), sense ofici (fora dels sindos, *el seu títol de mestre no tenia cap valor), i també sense Déu. Bé, aquest no se n'havia acabat d'anar, però s'havia allunyat tant, que ja no hi comptava. Era com un vaixell que encara s'albira a la ratlla de l'horitzó, però que si al tornar a girar el cap ja no es veu, l'exfrare tan tranquil. Així doncs, de cop i volta es trobava ben sol amb els seus números, al mig de l'infern de la gran ciutat. Amb tot, i a diferència de molts dels seus excompanys que es passaven el dia maleint uns hàbits que els havien robat la joventut, ell no es penedia pas del passat, ni es posava pedres al fetge. Al cap i la fi, gràcies a sant Gumersindo era un home respectable. Era prou lúcid per comprendre que si de xic no hagués entrat al convent, no hauria pogut estudiar i a hores d'ara fóra un desgraciat. O bé un pastor ignorant amb un escamot de cabres pels secarrals del Moncayo, o bé un cambrer malhumorat i caspós servint gerres de cervesa a la Plaça Reial. Alliberat del collar de cel·luloide que li oprimia la gorja i amb les mans tan buides de llibres i de rosaris, Feliciano Morán se sentia terriblement lliure. Al tornar a la pensió, es trobava tan lleuger que de vegades tenia la sensació que si es posava a córrer Rambla avall i obria els braços, s'enlairaria com un colom.*

De moment, va trobar feina de comptable en un magatzem de queviures al major, un antre amb el sostre ennuvolat de penjolls de pernils que gotejaven una pluja lenta i constant d'estalactita. Així, mentre el país vivia l'efervescència per la mort del dictador (al llit i amb caldo de gallina que li servien amb tubs empalmats a tots els orificis), l'exfrare es dedicava a multiplicar diners per llaunes de sardina o per caixes de bacallà. Tenia molt clar que no es passaria la vida dins d'aquell catau ennuvolat de pernils entomant el xim-xim greixós, de manera que entretant anà a trucar la porta d'altres societats del ram diví, empreses més modernes i competitives que no haguessin fet fallida com els sindos. *Tots els intents foren debades: els jesuïtes li van demanar un títol universitari; a ca l'Opus, un donatiu generós en concepte de bestreta destinat a l'ampliació i conservació del santuari de Torreciudad on en aquella època es concelebraven els consells de ministres; en fi, d'altres com salesians o escolapis, maristes o terrestres, es malfiaven d'un frare renegat. També va provar sort en l'església oficial. Malgrat que aquesta no passava gaire bon moment ja que els capellans joves desertaven a raig fet, prèvia infecció de comunisme, ja se sap que l'església romana és com el banc d'Espanya, que per més apurat que arribi, mai no pot fer fallida. El bisbe va rebre amb els braços oberts aquella vocació tardana, sens dubte enviada per l'Esperit Sant, en moments difícils, d'hores d'olivera de Getsemaní. Tanmateix, el prelat li comunicà que abans de rebre les sagrades ordres, havia de cursar cinc anys d'estudis teològics al seminari. L'aspirant, que ja es pensava que tot fóra arribar i moldre, s'hi va reclamar mostrant el seu brillant currículum piadós de milers de misses, setmanes santes i dies de dejuni i abstinència, i altres mèrits litúrgics acumulats al llarg de trenta-set anys de vida monàstica. ¿Tots aquests mèrits no li servien per convalidar els anys de teologia? Es veu que no. No fotem senyor bisbe, protestà portes endins, i fent gala de les seues dots de matemàtic presentà a sa Eminència els comptes clars. Per exemple, d'ençà de la primera comunió havia complert exactament trenta-set novenes a la Immaculada Concepció, mil cent quaranta-set dies de mes de Maria, tretze mil cinc-cents quinze rosaris que suposen un total de sis-centes setanta-cinc mil set-centes cinquanta avemaries, suma i segueix amb les avemaries ocasionals, cinc per dia, i tenim un total absolut de set-centes quaranta-tres mil tres-centes vint-i-cinc avemaries. Doncs bé, tot aquest immens jardí de flors marianes, com el qualifiquen els teòlegs, ¿no es pot baratar, posem per cas, per l'assignatura de primer, Introducció a la Mariologia? «Una cosa és l'experiència d'un bon jardiner», va argumentar el bisbe, doctorat cum laude a la Universitat Gregoriana de Roma, «i una altra, els estudis superiors de peritatge agrícola celestial»... En fi, després d'una llarga i acalorada discussió i vist que el prelat no accedia a rebaixar-li un sol dia de la carrera eclesiàstica, el candidat a mossèn girà cua decebut cap a la pensió. Això de tornar a enclaustrar-se i haver de conviure amb altres i compartir pupitre, li feia una mandra insuperable. No estava disposat a renunciar a la llibertat de viure sol, tot just estrenada a la pensió.*

A la fonda va conèixer un conco a punt de jubilació anomenat Jaume Vergosa, que s'hi havia instal·lat de dispeser quaranta anys enrere, un cop acabada la guerra. Fou una de les poques persones amb qui Morán es relacionà en aquella època de reclusió a Barcelona. Els diumenges havent dinat anaven plegats a prendre cafè al bar del passeig on mataven les primeres hores de la tarda. El vell, que de jove havia format part d'un escamot de la FAI i que encara s'autodefinia com a anarquista en excedència, li explicava algun capítol de les seues gestes de jovenot, quan s'esbravava calant foc a les esglésies de Barcelona. «Dinou convents cremats en un sol dia», fatxendejava tot remenant el carajillo de Fundador. «La religió d'avui», teoritzava el vell àcrata, «la nova religió que oprimeix l'individu és la política. ¿Què són els partits polítics sinó confraries laiques, organitzacions muntades per aconseguir el govern del país? Com ha sigut sempre, al cap i a l'últim. ¿Qui et penses que manava realment a l'Edat Mitjana?» El Feliciano no en tenia ni idea, mai li havien importat gaire els romanços ni les batalletes dels llibres d'història. «Ni el baró, ni el comte, ni el duc, ni el rei, ni l'emperador, ni la puta mare que els va pollinar tots! Manaven els frares! Que si templers, que si cistercencs, que si jesuïtes, que si dominics... aquesta pesta són els que de debò han tallat sempre el bacallà podrit de la política. Fixa't en aquest», va concloure l'anarquista, tot assenyalant la portada de La Vanguardia *on apareixia un retrat de Santiago Carrillo amb barba i perruca. «Ha tornat a Espanya per refundar la confraria dels miserables. ¿No veus quina pinta d'abat de la trapa que fot?»...*

Vergosa, tot i menysprear la política de partit, era un lluitador de base. La sang de sindicalista que de jovenot li corria per les venes, li rebullia ara al cap de quaranta anys, a l'escalf dels nous aires de llibertat. Amb l'excusa d'un augment del preu de la pensió que ell considerà exagerat, l'anarquista va amotinar uns quants dispesers contra la mestressa. «Et necessitem, camarada», va dir al Morán. L'exfrare no volia soroll, per quatre dies que havia de viure en aquella dispesa de mala vida no valia la pena fer-se malveure. «Tu tens màquina d'escriure», va insistir el vell sindicalista. «Si no vols donar la cara, almenys ajuda'ns a passar a màquina el manifest.» De fet, l'Olivetti portàtil era l'única cosa que se n'havia emportat dels sindos, *l'únic objecte personal salvat del naufragi de la seua vida anterior. Així doncs, Morán va passar en net el memorial de greuges que el Vergosa havia redactat i en féu còpies al carbó, una per cada dispeser. La mestressa, davant l'aldarull provocat per l'escrit, va haver de cedir a les exigències dels hostes, les quals, a part del preu de la pensió, incloïen drets tan fonamentals com les postres del sopar o el cafè dels diumenges i festius. Esperonat per l'èxit, el pas següent, també de la mà del Vergosa, fou l'assemblea de veïns del barri...*

Vet aquí, doncs, com de la nit al dia, Feliciano Morán va optar per la política. Més que no pas d'una nova vocació, es tractaria (això si tinguéssim en compte les teories històriques del vell anarquista), d'una reconversió religiosa. Tanmateix, a diferència del seu mestre (un desgraciat com tots els mestres de debò, al capdavall), Morán tenia l'ambició de comandar un dia algun dels grans ordes polítics que aspiren a governar el país.

De moment no estava preparat per a la lluita política, era prou lúcid per adonar-se'n. Comprenia que d'entrada havia de deixar de viure com una cuca de forat. D'ençà que havia entrat al convent, als deu anys i mig, el seu cos s'havia anat cobrint d'una capa de timidesa, murrieria i vergonya que el protegia de qualsevol enemic exterior, fossin els superiors de l'orde, fossin alumnes poca-soltes, fossin les dones, les quals i contradient les lleis biològiques, com més vell es feia, més excitants li semblaven. Quan al col·legi, fos com a tutor o fos com a director, havia d'atendre les visites de les mares dels alumnes (ja se sap que per assumptes de l'escola, els estudiants sembla que siguin orfes de pare), davant de qualsevol dona, dèiem, el frare patia mort i passió. I quan ella per fi se n'anava, gràcies per tot hermano *Feliciano, el pobre home durant una estona no era bo per re, fins que no es tancava al wàter per tocar el flabiol…*

Doncs bé, conscient que dins d'aquell catau rònec, la crosta de timidesa que duia encastada a la pell com un segon hàbit de roba interior encara augmentaria de gruix en comptes de desaparèixer, va decidir canviar d'aires. La venda de llibres a domicili que li oferia una distribuïdora, li va semblar la feina més apropiada per posar-se en forma. Si pel sol fet d'abordar la casa d'uns desconeguts ja cal tenir coratge, aquest esdevé heroic si el producte a vendre són llibres, els quals, per més inri, el venedor no s'ha llegit ni es pensa llegir mai. Els progressos foren espectaculars. Al cap d'unes setmanes, el venedor aguantava la mirada lleganyosa, ulls a mig pintar, de la mestressa que li entreobria la porta, aconseguia de convèncer-la que el deixés entrar al pis, només un segon senyora Mercè, i un cop a dins, era capaç d'encolomar-li la col·lecció completa de la cinquantena d'Episodios Nacionales. I de més galdosos n'hi hagués hagut! Al mateix temps, va exercitar la llengua del país, llengua que entenia a la perfecció, però que fins llavors una barreja de tossuderia, de sentit de correcció i de por al ridícul li havien impedit de parlar. Al llarg de més de vint cursos de professor, mai els seus llavis havien estat bons per saludar els seus alumnes catalans amb un pelat bon dia. *Ratllava la cinquantena, quan es decidí a balbucejar els seus primers mots en vernacle. Per entrenar-se, triava persones desconegudes del carrer, mai clients. La cegueta que venia cupons a la cantonada, tot just vinguda d'Almendralejo; el taxista murcià, abonat a la COPE; el cirabotes analfabet de la quinta forca d'Espanya, i altres professions per l'estil, eren els seus espàrrings preferits. Aviat li va semblar que ja en sabia prou, i es van acabar les pràctiques. Feliciano Morán exhibia, segons amb qui parlés, allò que se'n diu un català d'estar per casa, per una casa tirant a pobra, potser sí, però suficient per al càrrec de parlamentari, i més encara per al de conseller de la Generalitat. Per altra banda, i tal com s'escau al concepte de bilingüisme ben estès, el món ideal dels números va romandre tota la vida incòlume al vernacle. A pesar de tot,* siete por siete *són, seran i han sigut tota la vida* cuarenta y nueve.

Tot pujant i baixant escales, no parava de rumiar el lloc més apropiat per exercir la nova professió de polític. D'entrada, va descartar la seua terra nadiua de Sòria, a la qual d'ençà que havia penjat els hàbits que no s'havia vist amb cor de tornar. Barcelona encara menys, aquí no s'hi plantava ni boig. Si l'associació de veïns del barri, on ell anava tot sovint a traure el nas, ja semblava una olla de grills de tants com aspiraven a la presidència, imagina't les picabaralles que hi devia haver en altres nivells més profunds de la política on ell encara no s'havia capbussat. Calia buscar un territori allunyat de la metròpoli, un lloc on la competència no fos tan salvatge. ¿Per què no Lleida, la ciutat llunyana de ponent on s'havien escorregut els dies grisos de la joventut? L'agost del 76, aprofitant el cap de setmana, se n'hi anà de vistes amb un cotxe de lloguer. Conduïa tan tranquil escoltant per la ràdio un suposat intel·lectual que pontificava la necessitat d'una ruptura política al país, quan tot d'una, el setciències es quedà sense veu. En girar el botó a banda i banda del dial, el xofer s'adonà, esmaperdut, que l'aparell no captava ni una sola emissora. A fora, el paisatge semblava compartir la desolació radiofònica de l'interior. L'autopista s'obria pas, majestuosa i buida de cotxes, ara per ermots poblats de garrics, ara per bosquets aturonats amb quatre pins supervivents del darrer incendi forestal, ara per petits bancals de conreu, plantats d'oliveres i d'ametllers, atuïts per un sol d'injustícia. Això em comença a agradar, va pensar el Feliciano.

El desert s'acabà al cap de mitja hora amb una tongada de camps de color torrat, que igual podien ser rostolls com espigues d'ordi, que no pagava la pena de segar de tan esquifides. Al fons, es retallava la silueta terrosa del turó de la Seu Vella, envoltada per l'oasi de l'horta. Un cop al peatge de sortida, va haver de tocar el clàxon per despertar l'empleat que feia la becaina aixoplugat de la calor dins la cabina. Travessà ben sol els ravals que accedeixen a la ciutat des de l'autopista del Migdia. Xop de suor dins d'aquella carraca de lloguer sense aire condicionat, va tenir la sensació que la ciutat sencera feia la migdiada, que ell era l'únic que estava despert. No li va costar gaire de descobrir que a Lleida, tots els qui es movien en política cabien en una taula del Triumfo, la cafeteria de moda on se solien trobar.

Aquell mateix hivern Feliciano Morán emprenia de nou la travessia del desert de ponent amb la intenció d'instal·lar-se de forma definitiva a Lleida, com a corredor d'assegurances d'una companyia multiprovincial. La ciutat continuava dormint ara dins d'un bany maria de boira. Es posà a viure portes enfora, totalment abocat en el coneixement d'una ciutat fins llavors desconeguda, tot i haver-hi ensenyat matemàtiques al llarg de més de vint anys. Tant te'l podies trobar assistint de públic en un ple de l'Ajuntament, com a Mercolleida tafanejant com els reis del porc escollien els nous preus per a la setmana, com dinant a la Casa de Aragón, *com rebent la comunió del bisbe a la catedral a missa major, com intervenint en una assemblea de la Universitat, com prenent una copa a la Camosina, la casa de barrets de la partida de Vallcalent freqüentada per lo milloret de la província.... Quan de tant en tant identificava pel carrer Major un dels seus exalumnes, posem per cas, un home fet i dret amb trajo de sastreria, feina pròpia i esposa de bon mirar, lluny de fer el desentès i girar la cara cap a l'altre cantó, abordava la parella i després d'haverse donat a conèixer, els saludava amb escarafalls de qui acaba de trobar un vell amic de la infantesa. L'antic alumne, que tot d'una tenia al davant el frare a qui havia maleït els ossos mil camins per haver-li caldat les mates de Preu amb un 4'98, se sentia desarmat, sense esme per negar-li el salut. Amb tot, el veia tan canviat, que difícilment el podia identificar amb aquell malparit de profe. A poc a poc, Morán es va reconciliar amb els seus exalumnes, la majoria homes respectables, que remenaven les cireres dels grans negocis de la petita ciutat.*

El ventall amb què la jove Democràcia s'airejava el cos després del malson de la dictadura, era bigarrat de colors i de sigles. Els ciutadans amb vocació política, amb autèntica vocació de cursar carrera política com Feliciano Morán, s'ho havien de rumiar molt bé abans de decidir-se per una formació concreta. Una equivocació podia comportar la fi de totes les aspiracions, en el millor dels casos, la repetició d'una colla de cursos en una formació política diferent. Per altra banda, l'opció d'anar per lliure estava condemnada al fracàs. Diu el dogma catòlic: fora de l'església no hi ha salvació. Diu el dogma democràtic: fora del partit no hi ha poder polític.

De bon principi, Morán va descartar els extrems, tant a la dreta com a l'esquerra del ventall. Aquests mai faran re de bo a les eleccions, va pensar. En un segon nivell de reflexió, va eliminar els partits d'esquerra, al seu entendre infestats d'intel·lectuals amb titulació universitària, que acostumen a ser la gent més negada per a la política. No hi ha pitjor venedor de llibres que el savi que els escriu, sabia per experiència. Per eliminació, l'espai per escollir quedà situat als colors del centre del ventall, al centre però carregant a la dreta tal i com els sastres aconsellen de fer als mascles ben armats.

Cap dels grups que s'autosituaven en aquesta zona de l'espectre polític li acabava de fer el pes. Dels catalanistes, n'admirava el seny (això de comptar els passos de les sardanes li tenia el cor robat), però tanta Catalunya per aquí i català per allà, l'embafava. Segons havia calculat fent una anàlisi dels discursos, aquestes paraules s'havien d'emprar un mínim de tres vegades per minut. Si no fos per la pudor de cera que li recordava massa els anys de convent, s'hagués decidit pels demòcratacristians. Trobava molt encertada la fórmula ideològica del partit cafè amb llet; tallat, potser encara millor. Com a demòcrata d'última hora i frare secularitzat, li encantava aquesta barreja, mig i mig, de malta torrada i de llet aigualida. Pel que fa a l'Aliança, admirava el geni de Fraga, un dels pocs polítics amb autoritat que pot evitar que al país hi hagi trencadissa, però, dubtava que, almenys a Lleida, n'arribés a ser mai gaire, de Popular. En fi, el Partit Lleidatà era l'únic que tenia pebrots per plantar cara als creguts de Barcelona, llàstima però, que els límits provincials li impedissin de superar les rampes suaus de la Panadella!

Com si amb aquests no n'hi hagués prou, a darrera hora

el Suárez funda un partit i es plantifica al bell mig dels quatre. Cop de colze cap l'esquerra, empenta cap a la dreta i discursos televisats des de la presidència del govern: el centre exacte sóc jo. Al nostre aspirant a polític, la jugada li va semblar magistral. De manera que va córrer cames ajudeu-me cap al nou local de la UCEDÉ amb el propòsit de ser dels primers a apuntar-se al partit. Tot i arribar al local quan els operaris tot just instal·laven els rètols identificatius a l'entrada, va fer tard. En veure que li corresponia el número 2.057, al darrere de destacats polítics en actiu, del Govern Civil, de la Diputació i dels ajuntaments més importants de la província, ho va deixar córrer decebut.

Aquest fracàs li va allargar els dubtes vuit o nou anys més, durant els quals va completar la seua preparació política. Com ara, aprendre a esquiar. Es va adonar que amb un cap d'estat esquiador, els polítics de categoria havien de saber esquiar. Si no amb la perfecció del monarca, fet un autèntic Rambo de la neu, almenys amb un nivell mitjanet, suficient per saber-se calçar els esquís tot sol i poder-li donar la mà a la cua dels remuntadors sense por de caure de cul davant sa Majestat.

Avui dia, ningú no ho discuteix que el domini de l'esquí no sigui imprescindible per a un polític d'alta volada. El gran mèrit de Feliciano Morán fou preveure-ho llavors, vint anys enrere. Si els nostres representants polítics haguessin tingut la seua capacitat d'anticipació, ens hauríem estalviat imatges vergonyants per a la democràcia: la imatge d'un president autonòmic, fent equilibris amb sabata baixa damunt la neu milionària de Vaquèira; la imatge de tot un president de govern central, arrossegant-se per l'esplanada de Beret amb esquís de fons (els únics que t'aguanten el primer dia!), sol com l'aneguet lleig, mentre el rei fa brunzir els esquís muntanya avall, estirant una enfilada interminable i multicolor de guardaes-

patlles, financers, fotògrafs de premsa, admiradores i marrecs amb casc que no aixequen un pam de la neu.

A còpia de cursets i de perseverança, el nostre representant al parlament va aconseguir un nivell d'esquí mitjanet, impensable per a un home que ja havia enfilat la cinquena dècada de la vida. Lliscava damunt la neu, si no amb l'elegància dels qui ho han mamat de xics, amb un estil digne que de cap manera es podia confondre amb el que els monitors anomenen «estilo chotis» propi dels multimilionaris de la capital de l'estat que han descobert les costes de Vaquèira fa quatre dies.

Entretant, alguns fets com l'intent de cop d'estat, l'ensulsiada del centre de Suárez i sobretot, la victòria dels socialistes, van trasbalsar el panorama polític. D'entrada, els socialistes van reciclar els militars a còpia de cursets d'idiomes i de viatges per Europa, a fi i efecte que s'adonessin del seu paper en una societat civilitzada. I els que no es van voler reciclar a les bones, ho van haver de fer per força, a les més bones: retirats de l'exèrcit amb tota la paga de per vida. Després, es van escarxofar al centre-esquerra però empenyent cap a la dreta, cosa que va provocar un corriment de colors i de sigles. La gran banca no s'ho acabava de creure: mai havia fet uns negocis tan grassos com ara, amb un partit suposadament marxista al govern. Escarxofats al poder com estaven, qui els vulgui fumbre fora del govern, ja cal que es calci.

En aquest context històric tan decebedor per a qualsevol alternativa, Morán fa el cop de cap definitiu: l'any 86 s'apunta al Partit Espanyol del Nacionalisme Autèntic, una formació de nom jove però d'esperit etern, i si no etern, almenys mil·lenari, atès que fou fundat pel rei Pelai. S'hi fica de ple, amb cos i ànima, amb la mateixa il·lusió amb què quaranta anys enrere havia entrat al món dels números. En pic el fan responsable dels comptes del partit, saneja les finances amb un degoteig continu d'afiliats i de tant en tant, amb injeccions procedents d'alguna empresa o de particulars escaldats de la fiscalitat socialista. Res d'estrany, doncs, que al cap de només deu anys de militància, hagués pujat fins al cinquè lloc del partit a Lleida (darrere el diputat a Madrid, el president provincial i els dos regidors de l'Ajuntament), lloc que li permeté les passades eleccions autonòmiques d'encapçalar la llista de la circumscripció de Lleida i d'aconseguir de manera justa i brillant un escó al parlament de Catalunya. Una acta de diputat de segona divisió, potser sí, però això no li treu cap mèrit.

Han mort un home actiu i treballador, que només vivia per tirar endavant el seu partit; un home decent i sacrificat, malgrat les injurioses enraonies que han circulat sobre els assumptes de la seua vida privada. Han segat la vida d'una persona recta i honesta, íntegra fins a l'exageració en qüestió de diners. La secretària del seu partit conta una anècdota ben exemplificadora al respecte. En una ocasió el finat es trobava amb el seu germà a la barra d'un bar, a la cafeteria la Xicra per ser exactes, quan tot d'una va aparèixer l'alcalde de la ciutat acompanyat del seu assessor d'assumptes marítims i d'un número de la guàrdia urbana, que, posats a concretar, afegirem que es tractava justament del famós «urbà fornicador». (Per gentilesa al lector de fora de la província, potser caldria incloure aquí un breu currículum de l'envejat municipal. Almenys, convindria esmentar que la premsa local el batejà amb aquest nom a causa del costum que tenia el municipal, les llargues nits de guàrdia, de fumbre claus damunt la taula noble de la sala de plens de la Paeria.) Atès que l'alcalde, entre altres responsabilitats públiques, també feinejava de parlamentari, va entaular amb Morán una conversa sobre qualsevol de les lleis encallades a la cambra autonòmica. A l'hora de pagar, Feliciano fou el més ràpid d'allargar el bitllet al cambrer, amb l'ordre contundent que ho cobrés tot. Tanmateix, assegura la secretària, al tractar-se d'unes despeses de treball, va passar la factura al partit, això sí, un cop hi hagué descomptat la consumició de son germà (cafè amb llet i un parell de magdalenes), la qual com a despesa familiar, pagà trinco-trinco de la seua butxaca. Per tant, és fàcil de suposar que si en detalls així es mostrava tan primmirat, l'home era incapaç de quedar-se un cèntim, fos del partit o de l'erari públic. De fet, i tal com el lector descobrirà més endavant, aquest rigor en el compliment del deure al peu de la lletra, el va perdre. Potser no en fou l'única causa, de la seua tràgica mort, però almenys facilità la feina als assassins.

En fi, ens han arrabassat un polític com cal, un dels pocs que es guarden de l'escriptura. En efecte, Feliciano Morán no escrivia als diaris, mai no va caure en la temptació d'enviar-hi una sola línia redactada per ell. Les seues opinions apareixien sempre en forma d'entrevistes, les quals, ben mirat, no són textos escrits sinó transcripcions de la seva veu. Ni la timidesa, ni la inseguretat lingüística, ni la mandra poden explicar aquest respectuós silenci envers la lletra impresa. «Números tants com vulguis, però és absolutament negat per a les lletres», diagnosticaven, burletes, els seus enemics. Res de tot això. Senzillament, l'home tenia molt clar que l'escriptura constitueix l'eina d'expressió habitual de periodistes, científics i escriptors, no pas dels representants del poble. Parlamentari ve de «parlar», aquesta és la feina per excel·lència dels polítics. Els lectors de diari no sabrem mai com agrair-li aquest gest que tant l'honora. Descansi en pau Feliciano Morán, home íntegre desaparegut en acte de servei, descansin en pau ell i els seus companys difunts del Partit Espanyol del Nacionalisme Autèntic, des del rei Pelai, el seu mític fundador, fins ara i tots els que vindran.

Àgueda Castro, *Els crims del cotxe de línia, (1)*

CAPÍTOL 5

El sergent Campos, cap de la comissaria de les Borges, vol avançar pas a pas:

—Així, ¿tu estàs ben segur que el diputat Morán ha pujat a la parada de Diagonal?

—Ja t'ho he dit abans —fa l'inspector Massanés, arrossegant una veu que vol mostrar fastigueig per la parsimònia amb què considera que l'altre l'interroga—. Sé que aquest detall és decisiu, però no cal que hi perdem més temps. I si no et refies de la meua paraula, no et costarà gaire de comprovar-ho. A la parada de la Diagonal els bitllets els dóna el conductor, són paperets de màquina, diferents dels cartonets de l'estació d'autobusos. Si no t'ho creus, informa't de quina mena de bitllet duia el mort.

El Campos s'inclina cap a la seua dreta, tot iniciant el gest d'agafar el telèfon, però en el darrer moment recula la mà sense tocar l'aparell.

—Per tant, aquesta ha sigut la darrera parada de l'autocar. Però a la Diagonal, hi ha semàfors...

—La parada és a la sortida de Barcelona. De semàfors, potser en queden un parell més abans de l'autopista.

—¿Recordes si d'aquests últims, n'heu trobat algun de vermell?

—Ara no me'n recordo, però no té importància. L'assassí no ha pogut anar tan ràpid. Havia d'esperar que el Morán s'acomodés al darrere, que es quedés clapat.

Té raó, reconeix interiorment el cap de la comissaria. Així i tot, no li agrada gaire el posat esquerp i arrogant, a voltes un pèl insolent, del jove inspector de Lleida. Almenys, aquesta no és l'actitud cordial i generosa que ell esperava d'un company de feina. Amb tot, les respostes són aclaridores.

—Continuem amb el viatge. ¿Heu fet alguna parada?

—Ens hem aturat un parell de cops al peatge de l'autopista, primer a Martorell i encabat, a la desviació de Lleida. El temps just d'agafar el tiquet o de pagar.

—Però ha pogut saltar algú...

—¿Per on vols que saltés? Les portes no s'han obert. Quan s'obren fan un soroll bastant fort, així com un sospir, que se sent de tot l'autocar.

—¿I saltant per una finestreta?

—¿Que no has vist l'autocar? No n'hi ha cap, de finestreta. Són vidres hermètics, encastats a la carrosseria.

—Heu comprovat que no n'hi hagués cap de trencat, ¿oi?

—Redéu quines preguntes! —somriu foteta l'inspector—. És lo primer que he fet. ¿Tu creus que si hi hagués un vidre trencat, no t'ho hagués dit de bon principi?

—És a dir —resumeix el Campos— que des de la parada de la Diagonal fins al peatge de Vinaixa quan hem arribat nosaltres, ningú ha pogut baixar de l'autocar.

—Ningú.

El Campos fa una ratlla de cap a cap de la pàgina on de tant en tant apunta alguna cosa. Caldrà buscar pistes per un altre cantó.

—¿Hi ha wàter?

—No, no hi ha wàter. I pel que fa als maleters, hi he donat un cop d'ull al baixar de l'autocar. Res d'especial. Els *escuts* de la científica s'han posat a inspeccionar-los. No confio que hi trobin cap pista.

—¿En quin moment del viatge calcules tu que el deuen haver pelat?

—No és fàcil saber-ho.

—Ja m'ho imagino, però al teu parer, ¿quan penses que ha sigut?

El parer de l'inspector Massanés es fa pregar. Ara mateix el Campos té la sensació que el paio que seu al davant és un implicat en el crim, en comptes d'un col·lega disposat a esclarir els fets. A còpia d'insistir, aconsegueix de traure-li del pap alguns supòsits d'acord amb observacions fetes durant el viatge. L'inspector recorda que el polític, després d'agafar el bitllet, se n'ha anat directament a asseure's al darrere. Cal suposar, està fart de repetir-ho, que els assassins han trigat una mica a actuar, esperant que s'entredormís. Al cap d'uns tres quarts d'hora d'haver sortit de Barcelona, el policia ha canviat de seient. Calcula que ha transcorregut aquest espai de temps perquè no feia gaire acabaven de passar el peatge de la desviació de Lleida. S'imagina que llavors el diputat ja era mort, encara que ell no se n'adonés. Si no, estant a frec de la víctima com estava, quan el pelaven hauria notat alguna cosa. Ell no s'ha adormit, n'està ben segur; una mica endormiscat, res més. Des que s'ha instal·lat al darrere fins que ha descobert el cadàver, compta que deu haver transcorregut un quart d'hora, vint minuts a tot estirar. Total, que l'han pelat al cap d'una mitja hora de sortir de Barcelona. Entre Martorell i Vilafranca, segons ell calcula. De moment, el jutge val més que no ho sàpiga, que fóra capaç de traspassar la investigació als *banderins*...

—El mòbil sembla polític —continua el Campos—. No li han tocat la cartera, ni els diners, ni les targes de crèdit. L'únic que no queda clar és el rellotge. L'informe de la científica diu que el mort té una marca al canell, com si en portés habitualment. Ara, no té cap sentit matar per un rellotge, ¿no et sembla? ¿Tu, de qui sospites, Massanés?

L'inspector no respon. La seua cara es contrau en una ganyota ambigua, que tant pot significar que no en té idea, com que no l'hi vol dir. Li haurà de recordar els bons auguris que li ha donat quan ell i els mossos han arribat al peatge de Vinaixa:

—Abans a l'autocar, m'has parlat de sospitosos. Doncs, vinga, dis-me qui són, i començo per ells. —L'altre continua mut, pel que sembla gens disposat a afluixar cap nom. —Tinc la impressió, Massanés, que m'amagues alguna carta. No entenc per què.

—¿Ho vols saber? Ja que parles de cartes, guaita, ¿veus? —li ensenya un llibre que acaba de treure's de la butxaca de l'americana—. Tinc molt bones cartes per guanyar, però la vull jugar jo, la partida.

Així que aquest el que busca és portar ell la investigació del cas. Si depengués del Campos, endavant, de bona gana li canviaria el lloc ara mateix. Un bon pes que li trauria del damunt. Però no pot ser de cap manera:

—No fotem, home! Tu anaves a l'autocar, ets part implicada. El jutge no ho permetrà, s'ha de complir la llei.

—No barregem les coses, Campos. Una cosa és la llei i una altra de molt diferent, els procediments policials per fer-la complir. El jutge lo que vol és que la policia descobreixi el culpable, que li'n presenti les proves perquè ell pugui aplicar la llei. I llestos. El procediment és cosa nostra. A més, a dreta llei, tu tampoc no pots investigar. ¿Què fas, doncs, interrogant un sospitós com jo?

—Si ho faig és perquè el jutge m'ho ha ordenat. M'ha dit que comencés a temptejar els viatgers, mentre no arribin de Lleida els de la judicial.

—Jo sóc el cap de la policia judicial de Lleida.

—Ja ho sé, Massanés, ja ho sé... Però aquest cas no el pots portar tu. Hi ha unes normes...

—Les normes són de cara a la galeria... Els jutges saben millor que ningú que si s'apliquen al peu de la lletra, no s'arriba enlloc, per això fan els ulls grossos... No confessen els delinqüents amb un *chupa-chups*. No cal que t'ho expliqui, com a guàrdia civil ho saps millor que ningú.

Ja està, ja li ha recordat la procedència! Com si l'haver estat guàrdia civil fos una tara, un espècie de pecat original. No és pas el primer company dels mossos, sigui subordinat o superior, que l'hi retreu amb motiu de qualsevol discussió. I el qui no gosa dir-li de paraula, l'hi diu amb la mirada: guàrdia civil havies de ser! I tu mocós, ¿què et penses que ets? Si haguessis nascut com jo passada la guerra en un poblot de mala mort de la província de Múrcia, ja m'agradaria saber què fores ara! Potser sí que et creus que l'has escollit tu lliurement, el cos de policia de què tant galleges! Deixem-ho córrer, al cap i la fi, no en traurà re de fer-se mala sang.

—No t'hi puc obligar, Massanés, ja ho saps. Com a company et demano que em facilitis la feina —fa un esforç per somriure i afegeix—. Abans has dit que tenies bon joc, doncs, jo et demano que me'l passis a mi. Sabré jugar bé les cartes, t'ho prometo.

L'inspector li torna el somriure:

—No me n'acabo de refiar... ¿Prou hi saps jugar a la botifarra?

—¿A la botifarra?... Sí, una mica.

—Això vol dir que no en saps.

Tanta pressa que tenia fa un moment i ara fuig d'estudi amb brometes sense gràcia.

—¿Vols col·laborar o no?

En comptes de respondre, el Massanés s'embranca en una defensa aferrissada de la botifarra, la qual es pot considerar com el joc de cartes nacional de Catalunya. És un bon model per a la policia, de manera que a les oposicions a mosso d'esquadra l'haurien d'exigir, almenys als que aspiren a interrogar sospitosos. Ell mateix té un màster de botifarra, que li és molt útil. Cal ser molt viu per endevinar el joc amb què compta el teu rival. La forma amb què plega les cartes i les col·loca d'una en una al ventall dels dits, la decisió amb què recull la basa de damunt la taula... Cada gest t'ha d'ajudar a descobrir-li el joc. En definitiva, ell coneix bé els jugadors d'aquesta partida, per la senzilla raó que ha tingut temps d'observar-los a l'autocar sense que ells se n'adonessin. Sap qui té la manilla d'oros, s'hi juga lo que vulgui. Però, és clar, de moment només és una hipòtesi, una suposició personal que es podria corroborar tan aviat com interrogués els viatgers...

El sergent perd la paciència. Si no l'engega d'una vegada, s'hi pot estar tota la nit escoltant els seus romanços. Prou contemplacions, al capdavall, l'inspector en aquest cas no deixa de ser un testimoni del crim, un sospitós com qualsevol altre viatger de l'autocar.

—Senyor Massanés, li comunico que l'interrogatori s'ha acabat! Si vol afegir alguna cosa més al seu testimoni, m'ho fa saber. De moment es queda a la comissaria com la resta de passatgers.

L'inspector s'aixeca picat de la cadira, s'embutxaca de nou el llibret a l'infern de l'americana i camina cap a la porta, tibat com un mànec d'escombra. Abans de desaparèixer, es gira amb posat amenaçador:

—Trucaré a Lleida, al comissari Roure. La gràcia que li farà saber que m'has despatxat!

Ell també hi trucarà. ¿Com és possible que la Policia Judicial encara no hagi arribat? Engrapa el telèfon, tecleja i demana pel comissari Roure. De part del sergent Campos de les Borges. S'haurà d'esperar una mica (només «una miqueteta» li promet exactament la veu femenina), en aquest moment té una trucada. Les miquetetes de Lleida es poden fer interminables, de sobres que se les coneix. Sortosament, aquest cop el comissari Roure s'hi posa de seguida. Acaba de parlar amb Barcelona, estan emprenyadíssims, Campos. Com pots suposar, això que la Policia Nacional hi foti el nas no ens agrada gens. La mare que el va matricular el jutge, està ben sonat, el paio. Com si la nostra Policia Científica fos una merda. Quan resulta que els mossos tenim més ordinadors que ells, i més moderns! No és la primera que ens fa, aquest jutge, i això que només fa dos mesos que és aquí. Ho saps, ¿no?, que ha vingut a Lleida per error. Es veu que ell, que és de per allà a Extremadura, va demanar *Mérida*, però a Madrid algú es va equivocar de lletra i l'han enviat a *Lérida*. Per això està amargat, el paio. I als mossos ens la té botada, no és la primera que ens fa... Sobretot, Campos, marca'ls de prop, els de la científica. Ull viu, que aquestos són capaços d'amagar-li alguna informació i passar-la als escuts... Per fi, acabat el rosari d'advertiments, té l'oportunitat de queixar-se pel retard de la Policia Judicial.

—L'Agelet no pot trigar, ja fa una estoneta que ha

sortit —respon el comissari—. L'inspector en cap, el Massanés, és a Barcelona. Vindrà directament d'allà en pic l'haguem localitzat.

—És aquí el Massanés —li fa saber el Campos—. Anava amb l'autocar, amb el mateix autocar del crim.

—¿A la mateixa Alsina, dius? Quina coincidència! —exclama el seu superior. I acte seguit, el renya—. ¿Per què no m'ho has dit abans, Campos? Fa estona que el busquem. És igual. Si el Massanés ja és aquí, estem salvats. Té un nas molt fi, aquest.

—De fet, ell no pot intervenir en la investigació —gosa replicar el sergent—. Legalment és un imputat...

—Deixa't de romanços! ¿T'ho ha dit ell que no ho vol fer? Mira, si veus que es mostra reticent, dis-li que em truqui.

—Però, si el jutge ho sap...

—Deixa'l actuar, Campos, i no et preocupis tant pel jutge, redéu! Amb els periodistes has de parar compte, carallot! Aquestos sí que ens poden fotre la punyeta. Per ara, ni una paraula. Ja els he dit que fins demà al matí no els donarem cap informació. Truca'm tan aviat com tingueu una pista. Confio en tu, Campos...

Dos minuts més tard, compareix de nou l'inspector expulsat, amb aires de perdonavides.

—Ha trucat el comissari —li comunica de mala gana el sergent—. Vol tant sí com no que tu facis els interrogatoris. Tindràs un despatx al pis de dalt, que és més discret. I tracta els viatgers com es mereixen, recorda que són aquí voluntàriament, no com a detinguts...

—Ja ho sé, pots estalviar-te les recomanacions —fa una ullada al rellotge—. D'aquí un parell d'hores et prometo que tindrem els culpables —i surt disparat del despatx.

Com més aviat se'n surti millor. Si entretant el jutge descobreix la martingala, serà ell, el sergent Campos, no pas el Roure, qui pagarà la festa. Fet i fet, no tenia altre remei. Qualsevol li porta la contrària al comissari!

—¿Que ja no et recordes del guàrdia civil? —li refresca la memòria l'agent Florensa.

—Fes-lo entrar, Manel. —«¿Què coi deu voler ara aquest?»

Al veure aparèixer a la porta el seu excap de la caserna de Montblanc, li fa un salt el cor: «Hòstia, el capità Ledesma!» Instintivament, fa un bot de la cadira i es posa dret en posició de ferms. Per fortuna, aconsegueix rectificar a temps. Es mossega la llengua, mentre retira discretament la mà dreta, la qual ja iniciava la pujada al cap per a la salutació militar. L'automàtic «a sus órdenes, mi capitán», es converteix finalment en un salut convencional:

—Bona nit, capità... ¿Com es troba? —En castellà, per descomptat. Rebre un franquista com Ledesma en la llengua del país, encara que un es trobi a casa seua, fóra una provocació.

—Segui, Diego, segui... —fa educadament el capità. I afegeix amb un somriure burleta—. Segui, sergent Dídac Campos.

El civil va al gra directament sense més rialletes ni subterfugis. Ha vingut perquè l'han avisat els seus homes, els quals, com molt bé sap el sergent, són els qui han fet aturar l'autocar al peatge i en l'escorcoll han descobert el crim. Legalment, correspondria a la Guàrdia Civil de portar les investigacions, però ja que les coses s'han encarat en una altra direcció, ell no hi posarà entrebancs. L'únic que exigeix és participar en els interrogatoris. Ara mateix ve de trobar el jutge i aquest l'ha autoritzat verbalment a fer-ho. Si no es refia de la seua paraula, pot consultar el jutge, només cal que li faci una trucada.

¿Un altre entossudit a investigar?, s'esvera el sergent. No cabíem a la comissaria i cadellà la gossa! No, al jutge, no el trucarà. I no és pas que no gosi de fer-ho als morros del seu excap, sinó perquè està convençut que el capità no menteix. Aquest jutge és capaç de tot. Si abans ha fet venir els Nacionals de Lleida per investigar les empremtes, no és estrany que ara hi afegeixi la Guàrdia Civil.

—¿Quin viatger vol interrogar?

—Un tal Sergio Massanés.

El nom li cau al damunt pitjor que una galleda d'aigua freda:

—Aquest no val la pena —diu com si no li donés importància—, no hi perdi el temps. Acabo de parlar amb ell, és inspector dels mossos d'esquadra, ¿ho sabia? M'ha dit que no ha vist re, ha dormit tot el viatge.

—Els meus homes no pensen pas igual. Ells creuen que aquest viatger és el principal sospitós.

Un bon parell de provocadors, els teus homes! Sobretot el més vell. Li ha anat de poc que els mossos no arriben a les mans amb ell quan els impedia de pujar a l'autocar... Amb tot, la veritat és que tampoc no en té cap prova, de la innocència del Massanés... De moment, li convé guanyar una mica de temps:

—Comenci per un altre.

Ni parlar-ne, el capità té ficat al cap d'interrogar el Massanés ara mateix.

—Sé per què t'hi negues, Diego —explica després d'un breu silenci—. Et comprenc. Has fotut la pota i ara no vols que jo ho sàpiga. Ho sé tot. Sé que has donat permís a un sospitós d'assassinat perquè intervingui en la investigació. He vist com sortia d'aquí, com donava ordres a tort i dret perquè li portessin les identificacions dels viatgers. No entenc com has pogut cometre una bestiesa així, Diego. ¿Que no te n'adones que per més company de cos que sigui, és un sospitós com un altre? ¿Què coi t'ha dit? No entenc com t'has deixat enredar.

El Campos sí que ho entén, però l'altre no n'ha de fotre re. Amb tot, té raó: s'havia d'haver mostrat més dur amb el comissari.

—M'ha dit que durant el viatge ha vist coses sospitoses, però no m'ha volgut dir quines —mira de justificar-se—. ¿Què volia que fes jo, capità? No hi ha hagut manera que m'ensenyés les cartes.

—¿Les cartes dius? ¿Quines cartes?

—És una manera de dir-ho —Qui sap què es deu imaginar el civil—. La investigació policial es pot comparar amb una partida de cartes, com és ara la botifarra. És com si ell tingués molt bon joc i no el volgués passar a cap altre jugador. ¿Ho entén?

—De manera que tu has permès que jugués ell... —rumia un moment el civil, i de cop li aboca—: Ben pensat, jo potser també ho hagués fet. La botifarra no és lo meu fort. Quan entro al bar i veig que hi ha una timba, m'assec darrere els jugadors. Prefereixo espiar-los el joc, observar com juguen de la vora estant. ¿I tu?

La veritat és que el Campos ni juga, ni s'entreté a mirar com els altres juguen. Tant una cosa com l'altra les considera una pèrdua de temps. Amb tot, val més donar-li la raó:

—Jo, igual. M'agrada més mirar.

—Doncs, ¿veus?, ja ens hem posat d'acord —el capità s'arrepapa al respatller, com si n'hi hagués per estona—. Que jugui ell mentre nosaltres mirem. ¿Què me'n dius?

Li diu que d'acord, a pesar de no tenir la més remota idea d'on vol anar a parar. Sigui lo que sigui, de moment més val que el capità no es mogui del seu despatx. Altrament, és capaç d'anar a trobar el jutge i destapar el merder.

—Me n'alegro, home, me n'alegro —somriu tot satisfet, com si es trobés a la caserna.

L'alegria del capità no és pas per la coincidència de gustos, sinó (qui s'ho podia esperar!) pel fet que el seu exsubordinat s'hagi passat als mossos d'esquadra. El capità és conscient de l'immens sacrifici que ha hagut de fer. Malauradament, i a pesar d'esquers com la millora del sou o la reducció d'horari amb què la competència els temptava, pocs guàrdies civils han tingut el valor de seguir el seu exemple. «Todo por la Patria», adverteix la gloriosa consigna a la porta de les casernes. Doncs, aquest *todo* vol dir tot: passar gana i set, morir i matar, prendre pel cul i deixar que et tallin els ous... Però hi ha una cosa encara pitjor, com és penjar el tricorni, renunciar per sempre al benemèrit cos. Aquest és el pitjor sacrifici que es pot demanar a un guàrdia com Déu mana. Sacrifici en aquests moments més heroic que el vessament de la sang fins a la darrera gota, sigui de la teua, la dels terroristes o la dels ciutadans innocents... Perquè aquests joves eixelebrats, si els deixem sols amb les armes, d'aquí a quatre dies són capaços de proclamar la independència de Catalunya. La teua missió, sergent Campos, és vigilar-los, passar informació a l'autèntica i única policia de la nació...

«Tu sí que n'ets, d'autèntic!», exclama per dins el Campos. Recoi com s'enfila! Està pitjor ara que una quinzena d'anys enrere, quan li donava ordres a la caserna de Montblanc. Està vist que això dels mossos d'esquadra no ho podrà pair mai...

—S'ho volen menjar tot! —continua desbarrant el Ledesma, mentre desenreda el cable dels auriculars—. Es pensen qui sap lo que són perquè fins i tot el guàrdia més pelat té estudis superiors. Ja s'ho trobaran. Ho sé per experiència. Un policia amb gaires estudis és un mal policia... Per cert, tu també estudiaves alguna cosa quan eres a Montblanc. ¿Quin any vas venir?

—L'any 79.

—Venies de les Vascongades, ¿veritat?

I tant que sí! Venia del País Basc, on havia passat nou anys, nou anys interminables tot el dia amb l'ai al cor i la metralleta a les mans, a punt de ràfega. Catalunya li va semblar la glòria. Aquí podies patrullar com qui diu sense armes, la gent et saludava pel carrer i quan entraves al bar, els homes no fugien cap a l'altre extrem de la barra maleint-te els ossos. Com si anessin a rematar el córner, que deia el pobre Expósito. Ell s'ho prenia tot a broma... Va morir destrossat per una bomba connectada a una *ikurriña*. Hi va voler pujar ell a despenjar-la del pi. L'Expósito explicava que de xic li agradava enfilar-se al capdamunt dels arbres per afollar nius. Més d'una vegada els seus moixonets fregits devien ser l'únic tall que hi havia a casa per dinar. Aquell dia els malparits de terroristes havien camuflat la bomba dins d'un feix de branques que semblaven un niu, almenys al seu company així l'hi va semblar. L'explosió el va rebotre un bocí lluny contra el terra. Quan ell hi arribà, se'l trobà tot ensagnat, amb les tripes fora del ventre. «Era un niu», va provar de somriure el moribund, «un niu de fills de puta». Fou l'última broma de la seua vida, perquè ja no va arribar viu a l'hospital. Al cap de poc temps, el govern va legalitzar la *ikurriña* com a bandera oficial dels bascos. De manera, doncs, que llavors va resultar que l'Expósito i altres companys d'uniforme havien mort per no re. La nova situació el va exasperar, li va doldre al fons de l'ànima, més que no pas la mort de l'amic. Això de morir de manera absurda per un tros de drap, que de la nit al dia deixa de ser prohibit i es converteix en insígnia gloriosa d'una regió, ho va trobar com una burla, una broma macabra del govern envers el sacrifici del seu amic. Durant un temps va patir malsons. Li van aconsellar que anés a veure un psiquiatre, un metge privat que visitaven els guàrdies que havien sortit sans i estalvis dels atemptats. Deien que el psiquiatre et feia xerrar davant del micro d'un magnetòfon, fins que havies abocat tota la verinada que duies a dins. Llavors treia la cinta de l'aparell i la cremava davant teu a la llar de foc de la consulta. Segons deien, a l'acte el pacient experimentava una millora: a mesura que el plàstic es consumia, notava com els malsons se li esfumaven xemeneia amunt. Ell no s'ho va empassar mai, sempre li va semblar una presa de pèl. En realitat, els seus malsons es van haver de dissipar a còpia d'anys. El sol de Catalunya se n'ha anat menjant els colors més vius i dolorosos, encara que les figures mai no s'han acabat de desdibuixar del tot. Avui, aquells primers anys de policia, quan era carn de *parabellum*, són records llunyans, que no li fan fred ni calor, imatges borroses, cada dia més entelades per les boires d'aquell maleït país de la pluja.

Tot hi va influir: la llum de Catalunya, les nits d'estudi, i sobretot, els ulls de la Teresa. Fou ella qui el va engrescar a canviar de cos de policia. La dona no es trobava gens còmoda a la caserna. «Amb l'experiència i els estudis que tu tens, segur que hi entres», li tarricava cada dia. Quan ja estava decidit, va aparèixer un darrer obstacle. El nivell de català que li exigien per entrar als mossos era molt alt, impossible de superar per un aspirant com ell, que a part de no haver nascut aquí, no n'havia estudiat mai. Tot i que al batxillerat el català era matèria obligatòria, els guàrdies civils tenien el privilegi (una mena de butlla signada pel delegat del govern central), que els permetia prescindir de l'assignatura. Ben ruc si no n'hagués fet ús, de la butlla, una matèria menys per examinar. Sort que la seua sogra posava el nas a tot arreu. En un viatge de jubilats a Vinaròs, la vella va descobrir un grupet d'aspirants a mosso d'esquadra que s'anaven a traure el títol de català allà baix, perquè l'examen era tirat. El van acompanyar a l'examen la Teresa i la sogra, la qual, ves quina casualitat, de jove també s'havia hagut d'anar a treure el carnet de conduir a Andorra, perquè aquí no l'haurien aprovada mai. Va tornar del sud amb el títol a la butxaca i la sogra fent morros perquè tant sí com no volia conduir una estona, i ells, Déu nos en guard de deixar-li el cotxe. D'ençà d'aquest viatge clandestí al País Valencià han passat prop de deu anys. Tot i els títols, no ho va tenir gens fàcil. Almenys comparat amb els guàrdies d'avui, que amb una senzilla prova passen d'un cos a l'altre. Ell va haver de fer un salt al buit: deixar la Guàrdia Civil, sense saber si encabat l'admetrien o no als mossos. Li fa ràbia que tothom pensi que és un traspassat...

Amb el capità Ledesma, hi mantenia bona relació, la relació normal d'obediència i disponibilitat que ha de tenir un guàrdia envers el cap de la caserna. Cada cop que li havia de demanar permís per assistir a un examen, mentre caminava cap al seu despatx, sentia com el cor se li esverava dins la caixa del pit talment un moixó engabiat. «No estudiïs tant, que et quedaràs calb», rondinava el capità tot signant l'autorització. El seu amor a la pàtria, o més ben dit l'odi als suposats enemics de la pàtria, era una mica exagerat. Amb els adhesius, si més no, es passava de rosca. En aquells anys molts cotxes duien enganxat a la part del darrere, un adhesiu amb la bandera catalana. Era com una moda, tots els progressistes que volien fer-se veure, n'hi portaven. Doncs, els guàrdies de Montblanc tenien l'ordre d'aturar el vehicle i clavar-li la multa. No per l'adhesiu, és clar, sinó per qualsevol altra falta. L'impost de catalanisme, en deia el capità Ledesma. El guàrdia Diego Campos omplia els blocs de multes a contracor. Per a ell també era com un impost: el tribut que havia de pagar perquè el seu cap estigués content i no li posés traves per assistir als exàmens. I entre una cosa i una altra, batxillerat, carrera i després les oposicions, en va haver de superar un bon fotral, d'exàmens!

Però l'esforç ha pagat la pena. Avui es troba dirigint una comissaria nova de trinca, equipada amb els sistemes policials més moderns, i amb uns companys engrescats per la feina, que no miren prim a l'hora de pencar i que et respecten. I eficaços, que és lo més important. Només arribar, van pescar la banda coneguda com els torronaires, que feia un any que robaven les ametlles pels camps. En el mes que fa que són a les Borges, i gràcies a l'efectivitat dels cotxes patrulla, tenen tota la comarca sota control. Ahir mateix el va felicitar l'alcalde... Entre l'inspector i el capità, l'han posat en un bon merder! Tan llarga que és l'autopista, tan lluny de Borges que el deuen haver mort, i anar-li a tocar a ell, aquella patum de cadàver. Com si no tingués prou feina a casa!

CAPÍTOL 6

Amb un cop d'ull a cada paper, l'inspector repassa els fulls d'identificació que el Càndid Agelet li ha pujat pocs minuts abans. Vist l'últim imprès, aixeca els ulls cap al seu ajudant, que espera ordres a l'altre cantó de taula. Capficat en els noms, mira sense veure'l.

—I bé, Sergi —barboteja l'ajudant—. ¿Per qui vols començar?

El Massanés ja ho té decidit:

—Pel japonès. Tan aviat com arribi l'intèrpret, fes-los passar. Entretant, porta'm el xofer.

—Em sembla perfecte. —El policia dóna mitja volta, diligent, i abandona la sala amb passes ràpides i nervioses, com si l'èxit de l'operació depengués de la velocitat.

No en faré gran cosa, d'aquest, es queixa per dins l'inspector. A la universitat potser sí que era un cervell, almenys això diuen, però com a policia és un desastre, la riota de la comissaria. Els companys li diuen Tòtil, perquè no sap dir dues paraules sense esmentar Aristòtil, segons ell el gran geni de tots els temps...

L'ajudant torna a la sala acompanyat del conductor de l'autocar, un home rabassut, vestit amb l'uniforme de l'empresa: pantalons i jaqueta blau marí, i la camisa gris amb l'anagrama de l'Alsina brodat a la butxaqueta amb lletres vermelles. «Salvador Delsoms Mas, 41 anys», comprova el Massanés al full que té al davant.

—Estigui tranquil, senyor Delsoms —comença el policia, un cop el té assegut a l'altre cantó de taula—. Comprendrà que de tots els que viatjàvem al cotxe de línia, vostè és, així d'entrada, l'únic innocent. No deu pas funcionar amb pilot automàtic, el seu autocar, ¿oi que no? —exagera una rialla que l'altre imita—. Com deu suposar, l'he cridat per veure si em pot donar un cop de mà en la investigació. ¿Recorda si algun dels passatgers li ha cridat l'atenció? Ja sigui a l'estació, sigui al pujar al cotxe, o naturalment durant el viatge. Qualsevol detall, per insignificant que li sembli, pot resultar decisiu per a la Policia.

L'home no s'ho pensa gaire:

—La parella d'estudiants. M'hi he fixat casualment a l'andana de l'estació, poc abans de sortir. Semblaven molt nerviosos, com si esperessin algú que no arriba...

—¿Algú com ara el senyor Morán?

L'empleat de l'Alzina no gosa anar tan lluny. Ell tan sols ha observat, llavors sense fer-ne gaire cabal, que els joves estaven impacients per alguna cosa. Ha de reconèixer que no ha vist re més.

—¿Algun altre passatger?

—Ara que hi penso, aquell paio ros que sembla estranger, també m'ha fet mala espina. Ha pujat a la parada de la Diago-nal i...

—Suposo que es refereix —es vol assegurar el Massanés— al viatger de la gavardina, aquest que feia tants escarafalls al baixar de l'autocar. Quan agafava bitllet, he vist que discutia amb vostè, ¿què li...?

No té temps de tancar la pregunta perquè el Càndid, que ha reaparegut al llindar de la porta, gesticula de manera ostentosa.

—Ja ha arribat l'intèrpret —crida de la porta estant, vist que l'altre no l'entén—. ¿Que els faig passar?

L'inspector li respon amb una mirada de menyspreu. Espera que acabi amb aquest, redéu! I es dirigeix de nou al xofer:

—¿Què discutien tant, quan agafava bitllet? Sisplau, expliqui'm tot lo que recordi.

—A l'obrir les portes a la parada, l'estranger m'ha preguntat des de la vorera si aquest era l'autocar que anava a Lleida. L'he entès ben bé perquè ha repetit moltes vegades la paraula Lleida. Quan li he fet que sí amb el cap, ha pujat al cotxe i a l'hora d'agafar bitllet, m'ha donat dues monedes de vint duros. Li he dit que no n'hi havia prou, ni de bon tros, que el bitllet a Lleida val mil nou-centes cinquanta. No m'ha entès o no m'ha volgut entendre. S'ha quedat allà, com un carallot, com si encara esperés el canvi. Llavors, vostè, li ha dit que se n'anés cap al darrere.

—Impedia el pas als que pujaven —explica el policia—. Em pensava que ja el tenia, el bitllet. Així, que el paio ha viatjat sense bitllet... I vostè ¿per què li ha consentit? ¿Com és que no li ha dit re?

—¿Què volia que fes? No podia pas abandonar el volant i la caixa dels diners, per anar-lo a empaitar pel cotxe! A més, ja sortíem amb prou retard per culpa del trànsit. ¿Que no se'n recorda com estava Barcelona?

—Bé, passi lo que passi, vostè no ho pot permetre que la gent viatgi de franc així com així. La seua feina...

—La meua feina —talla l'empleat— és conduir l'autocar. Per això hi vaig entrar, a l'empresa, això és lo que consta al meu contracte. Si encabat, per estalviar personal, volen que a més a més, faci de cobrador, d'acord, ho faig, però quan et trobes en un cas així, que no et vinguin amb reclamacions!

L'inspector encarrila de nou la conversa:

—Expliqui'm per què malpensa de l'estranger. ¿Per quin motiu sospita d'ell?

—Per cap motiu concret —es desinfla ara l'empleat—. Només he vist lo que li acabo d'explicar... A l'autocar, també hi anava un negre, ¿l'ha vist?

—I tant que l'he vist! Un negre i deu blancs —somriu burleta, i s'aixeca de la cadira com indicant que l'interrogatori s'ha acabat—. Deixem el negre en pau, senyor Delsoms. De moment.

—Me'n puc anar cap a casa, suposo. Jo no sé re més.

L'inspector, que ja està per una altra cosa, el frena sense aixecar el ulls dels papers:

—No encara. Quan se'n pugui anar ja l'avisarem, vostè no s'amoïni.

Stephan Melvinsky, nascut a Kushiro el 3 de juliol de 1938. Tot i l'evidència (la fotografia és ben bé de l'home de l'autocar!), el sorprèn que el passaport sigui japonès. En una de les pàgines en blanc hi ha estampat el timbre d'entrada a Espanya per Barajas (Madrid), el 16 de novembre del 1999. Dimarts passat, calcula l'inspector, en el moment que el Càndid fa entrada a la sala amb una capsa de cartó a les mans, triomfal com si portés el pastís d'aniversari. El Massanés es desentén del llibret, i el bolca, obert, contra la taula.

—¿Hi ha res que ens pugui interessar?

—Miri, miri! —s'entusiasma l'ajudant. Estira de dins de la capsa, pinçant amb la punta del polze i de l'índex com si mostrés una caca, una corda blanca, trenada i consistent, d'un metre de llargada, poc més o menys.

—Els de la científica han confirmat que es pot tractar perfectament de la corda amb què l'han escanyat.

L'inspector s'aboca a la taula per examinar millor

l'arma homicida. No gosa tocar-la amb els dits, amb el caputxó del bolígraf la remena i la gira de costat, talment un naturalista examinant l'anatomia d'un serpent verinós. El Càndid treu la resta de regals de la capsa, cadascun acompanyat de la identificació corresponent: un plànol-guia de Barcelona; mitja barra de pa; una sobrassada, escapçada per una punta, marca Bomporc de Manacor; una ampolleta d'aigua mineral d'un quart de litre, sense gas, marca Font del Gat; una bossa de paper, gentilesa de l'Espai Gaudí, Barcelona; una Bíblia en japonès, de tapes greixoses de tan feta servir, un bitllet del metro de Barcelona, amb data del dia timbrat a la Plaça de Catalunya, i finalment, un objecte encara sense identificar. Es tracta d'un petit estri de forma cònica amb ondulacions, d'uns deu centímetres de llarg, fet de fusta polida color canyella travessada per un eix metàl·lic, que s'arrodoneix a la part del vèrtex. L'inspector arrufa el nas:

—¿Què coi és això?

L'ajudant ho sap tant com ell. Al pis de baix es fan tota mena de càbales, des d'una escultura moderna fins a un consolador, però no han arribat encara a cap conclusió definitiva.

—Fes-lo passar.

Darrere el Càndid, apareix un home alt, més aviat magre i enrojolat fins a l'arrel dels seus cabells, mig rossos mig blancs. Tanca la comitiva la intèrpret, una xiqueta prima, sense panxa ni cul, que tragina un embalum dins d'un mocador de farcell penjat a la bandolera. L'embalum resulta ser una criatura de mesos. «Ja ho he dit al policia que m'ha trucat», s'excusa la mare davant del policia. «No l'he pogut deixar a casa, li dono el pit, ¿saps?» Com si li vol donar una altra cosa. Al Massanés, l'únic que ara li importa és entendre l'estranger, que de cop s'ha posat a botzinar improperis.

—¿Què diu? ¿De què es queixa?

—No l'entenc —fa la noia—. Deu renegar en japonès dialectal.

—Que renegui en japonès normal, si vol que l'entenguem!

—Això és impossible —posa cullerada el Càndid—. Els renecs no els traduïm mai. Ja ho deia l'Aristòtil: «Renegar, riure i pensar, amb la llengua que vam popar.»

No comencem, Càndid, el renya amb la mirada el Massanés. La noia s'adreça en japonès al sospitós i aquest, segons que sembla, trasllada les seues queixes al japonès acadèmic.

—Està molt empipat —explica tot seguit la intèrpret—. Diu pestes d'Espanya... Diu que sembla mentida que estiguem a Europa, que aquest país és pitjor que Turquia...

—De seguida es calmarà. Comunica-li que es troba a Catalunya, un país dins d'Espanya, però amb uns costums, una llengua i una policia pròpies. Dis-li que nosaltres som un país civilitzat i democràtic, una nació que respecta els drets de tots els ciutadans del món.

La intèrpret compleix, diligent, l'encàrrec del policia. Per l'extensió del discurs, probablement hi afegeixi alguna observació de collita pròpia. Tant se val, el cas és que s'assabenti d'una punyetera vegada en quin país del món es troba. L'home, que al començament del discurs se l'escoltava amb ulls de sorpresa, reacciona finalment amb un somriure de menyspreu. El policia s'encara a la intèrpret brandant el passaport:

—Pregunta-li com és que és japonès.

La noia arruga el front, com donant a entendre que

la pregunta no té ni cap ni peus. Amb tot, compleix l'encàrrec i tot seguit revela la resposta:

—Diu que és japonès perquè ha nascut al Japó.

—Això ja ho sabem redéu! Llavors, ¿com és que no en fot la pinta, de japonès? ¿Què ens vol amagar? Calla! —frena la noia en el moment que comença a posar en japonès acadèmic, l'emprenyament del policia—. Això no l'hi diguis, collons, que és un comentari entre nosaltres!!

El japonès que no ho sembla, es deu ensumar la qüestió, atès que intervé tot i no ser preguntat:

—Diu que els seus pares eren de Sibèria —tradueix la noia—. Van fugir al Japó quan la persecució de Stalin i s'hi van quedar.

—Ja ho comprovarem —remuga el policia, amb un to de veu desafiant—. Anem per feina. Pregunta-li per què viatja amb... —deixa la pregunta penjada per llegir un missatge que el seu ajudant li acaba de passar per escrit—. Sí, és clar, complirem totes les formalitats —obre el calaix i en trau un full fotocopiat—. Dis-li que tot seguit li farem unes quantes preguntes relacionades amb el crim de l'autocar. A partir d'ara, té dret a guardar silenci o a manifestar que només declararà davant del jutge. Té dret a... Té —allarga el paper a la intèrpret—, ja li pots traduir tu mateixa directament—. I tu Càndid vés a demanar al Campos que ens enviï un secretari.

La noia agafa el paper i es posa a llegir, directament en japonès, la llista de drets del detingut. La cara del sospitós canvia cada punt de fesomia, com un actor que fes una exhibició de pantomima. De primer comença somrient com si allò no anés per ell, després es va endurint i enrojolant fins que al final el seu rostre es descompon, alhora que esclata en un bram rabiüt, molt semblant a la cridòria dels soldats japonesos del Pacífic, almenys els que surten a les pel·lícules americanes.

—Diu que no vol cap advocat, que el que vol és parlar amb algú de l'ambaixada del seu país.

—Ja ho farà, no s'amoïni —garanteix el policia—. Abans ens ha de respondre algunes preguntes. I tu, les hi has de traduir literalment —adverteix a la intèrpret—. ¿Ho entens? Com si les preguntes les hi fessis tu. I les respostes igual, com si tu fossis ell.

A partir d'aquest moment, la noia es limita a girar la frase al peu de la lletra, tot alternant els papers de policia i d'acusat.

—¿Com és que porta tan poc equipatge?

—Tinc la maleta a l'hotel, ¿m'entén?

—¿A quin hotel?

—A l'hotel Emaús.

—¿On és aquest hotel, en quina ciutat?

—A Barcelona, on vol que sigui.

—Està bé. Ja ho comprovarem. ¿Per què hi va, a Lleida? ¿Què hi anava a fer?

—Volia assistir al míting religiós, ¿m'entén?

—¿De quina religió?

—De la meua església, ¿m'entén?

—I tant que l'entenc! ¿Com es diu la seua església?

—Es diu «Assassins de la Ciutat del Sol Ponent». Assassins, potser no... —dubta la intèrpret—. Venjadors... Exterminadors és més exacte. Això, Exterminadors de la Ciutat del Sol Ponent.

—¿Ens pot explicar de què li ve aquest nom?

El sospitós d'assassinat aboca sense parar un reguitzell de paraules que desborden la traductora. Així que calla, la noia li fa repetir tot, frase per frase, mentre pren algunes notes per escrit.

—Són paraules de la Bíblia —anticipa la intèrpret abans de procedir a la traducció—. «Josué va dir davant del poble d'Israel: Atura't sol a Gabaon. I el sol es va aturar al ponent fins que la gent va haver exterminat tots els seus enemics. El sol es va parar al mig del cel i va retardar el seu curs quasi tot un dia. Com aquell dia no n'hi ha hagut cap, ni abans ni després. Josué, deu, tretze.» Potser en comptes de deu tretze, ha dit tretze deu. ¿Vol que l'hi faci repetir?

—No cal —rumia l'inspector.

Tot d'una, li ha vingut al cap la imatge de la posta de sol que ha observat fa poques hores des del seient de l'autocar, potser en el moment del crim. A més a més, Lleida també és coneguda a Catalunya com la ciutat de Ponent... Probablement es tracta d'una secta... De cop, es posa a escriure. Gargoteja quatre ratlles en un foli en blanc i, abans de passar-lo al Càndid, el rellegeix. El missatge diu: «Localitza el Baqué de Lleida, que és l'especialista en sectes. ¿Què en sap, dels Exterminadors de la Ciutat del Sol Ponent?» En pic l'ajudant se'n va, reprèn l'interrogatori:

—¿Què és això? —el policia assenyala l'objecte personal sense identificar.

—Un *souvenir*, ¿m'entén?

—¿Per què serveix?

—És un joc. L'he comprat per al meu fill.

—I això també és un *souvenir*, ¿oi? —pregunta sarcàstic, tot assenyalant la corda—. Reconeix que aquesta corda és seua.

—Sí, és meua.

—I també l'ha comprat per al seu fill.

—Exacte, l'he comprat per al meu fill. Ja té més de vint anys però no és com els altres joves de la seua edat. És... és una mica retardat, ¿m'entén?

—¿On l'ha comprada, la corda?

—No recordo el nom de la botiga. Era un edifici de Gaudí. M'agrada molt Gaudí, és fantàstic, increïble, magnífic. M'encanta el modernisme, ¿m'entén? Fixi's en el disseny ondulat de la fusta. Presenta la típica línia ondulant modernista. L'he comprat a la casa de la penya de les coves. Es refereix a la Pedrera, un edifici de Gaudí que hi ha a Barcelona —s'apressa a explicar la noia.

—Ja ho sé —s'enfada l'inspector—. Dis-li que no es faci el desentès, que li estic parlant de la corda, no de la fusta...

El plor d'una criatura, que sembla procedir de la panxa de la intèrpret, interromp de cop i volta les observacions del policia. La mare abaixa els ulls cap al marrec:

—Fartaner, més que fartaner! ¿Com és possible que ja tornis a tenir gana? —el renya de mentida—. Si no li dono el pit, em sembla que no el farem callar. Suposo que no hi ha inconvenient...

—Fes, xiqueta, fes —l'autoritza l'inspector, per damunt dels brams de la criatura.

La mare es desbotona la camisa sense gaires escrúpols, amb la mateixa naturalitat amb què s'ha tret l'abric a l'entrar a la sala. De sota el sostenidor emergeix la mamella, blanca i inflada com un globus, amb la cirereta fosca del mugró al mig. Vista i no vista, perquè la mare s'apressa a cobrir-la, empenyent el caparró de la criatura. I ja torna a estar llesta per a la feina:

—Quan vulgui, inspector.

—Pregunta-li què en volia fer, del *souvenir*, per a qui l'ha comprat. La corda ¿eh?, no la fusta.

—L'he comprat per al meu fill, ja l'hi he dit —tradueix la noia amb la criatura enganxada al pit—. És un joc, ¿m'entén? Ja ho he dit abans.

—No la toqui! —El crit del policia atura la mà del sospitós que avançava cap a la corda. Tot seguit, amb veu més serena, que vol ser convincent, li aboca—: Aquesta és l'arma del crim, senyor... —consulta el nom al passaport— senyor Melvinsky. Serà millor que em confessi que ho ha fet vostè. Si ho nega, m'obligarà a mantenir-lo aïllat, i al final ho haurà de confessar a la força. En canvi, si col·labora, podrà parlar amb l'ambaixador del seu país. Li'n dono la meua paraula.

Mentre la traductora fa avinent l'acusació al japonès, entra el Càndid amb un paper a la mà. Sense molestar el Massanés, tot ell pendent de la reacció de l'acusat, li deixa el missatge davant dels nassos. El policia llegeix de reüll: «Exterminadors de la Ciutat del Sol Ponent. Secta protestant de l'Extrem Orient. Pacífics, almenys en aparença. Aquesta setmana, convenció internacional a Barna. Desconeguts a Lleida.» La intèrpret desxifra els balbucejos amb què entretant reacciona l'acusat:

—Aquí hi ha hagut un malentès, un error... Jo no tinc res a veure amb aquest embolic, ¿m'entén? L'hi juro pel sagrat tabernacle!!

—¿Ah no? Doncs, expliqui'm per què ha deixat l'equipatge a l'hotel. ¿Què coi hi ha vingut a fer a Lleida? Vejam, ¿a quina adreça va vostè? ¿En quin lloc concret de Lleida s'han de reunir, els de la seua religió?

El japonès respon tot assenyalant un altre objecte de damunt la taula, el plànol de Barcelona:

—En un pavelló esportiu —tradueix la noia—. No en recordo bé el nom. Em sembla que es diu Paló Mundial d'Esports, o una cosa així. Ho tinc marcat al plànol, l'hi ensenyo ara mateix, si vol.

—Però si no és pas de Lleida, aquest plànol!

Amb tot, davant la insistència de l'acusat, accedeix a

desplegar la guia urbana de Barcelona, la qual cobreix com unes estovalles bona part de la taula. Policia i acusat es posen dempeus, per tenir-ne una visió més panoràmica. I els altres dos, ajudant i intèrpret, acaben fent igual. El japonès, abocat damunt del plànol, fa volar el dit índex sobre els traços geomètrics d'illes i carrers. Aquí i allà de la ciutat, es veuen rodones fetes amb bolígraf, que encerclen suposats indrets d'interès per al visitant. Per fi, el dit del japonès aterra en un d'aquests senyals, on es pot llegir «Palau Municipal d'Esports». Encabat el dit llisca una mica cap a la dreta, fins que s'atura en un altre cercle a l'entorn de la paraula «Lleida». Per uns moments, els ulls dels dos policies i de la traductora queden clavats en aquest indret del mapa que l'acusat colpeja amb insistència. «Carrer de Lleida», llegeix consternat l'inspector. El rotet del nadó, sonor i allargat, trenca finalment el silenci.

—Ja està —diu la noia, amagant-se de nou el pit dins la camisa—. S'ha confós d'autobús. En comptes d'agafar el que va al carrer Lleida, ha pujat a l'Alsina que va a Lleida.

—Un turista despistat —resumeix el Càndid.

—Calleu, hòstia! Ningú us ha demanat l'opinió, a vosaltres! —els esbronca l'inspector.

El japonès també sembla que hi vol dir la seua, tot i no ser preguntat.

—Diu que si vostè li permet —tradueix la intèrpret— ens farà una demostració.

—¿Una demostració de què? Que faci lo que vulgui.

L'exsospitós d'assassinat agafa de la taula l'objecte no identificat i també la fins llavors suposada arma del crim. Amb una mà aguanta la fusta ondulada mentre amb l'altra hi va cargolant la corda a l'entorn, dibuixant una espiral. L'acció del japonès atrau tots els ulls de la sala, inclosos els del policia de la màquina d'escriure, que abans no ha pogut veure re. Queda poca corda quan el japonès diu alguna cosa.

—No l'entenc —confessa la traductora—. No tinc idea de com es diu en japonès, però això... això és una baldufa de cordill.

Efectivament, un cop cargolada del tot la corda, l'home mira un moment les rajoles del terra i sense pensar-s'ho gaire fa un gest amb el braç com si hi tirés una pedra. La fusta surt disparada de la mà, topa violentament contra la rajola i de rebot a la pota de la taula, on cau morta sense haver girat ni una sola vegada. L'exacusat es queda pàl·lid com si en aquell intent fallit de fer giravoltar la baldufa s'hi hagués jugat la vida. El Càndid mira de consolar-lo:

—No s'amoïni. Les baldufes modernistes no ballen, són per fer bonic —i es dirigeix a l'inspector, que tampoc fa gaire bona cara—. Només ha servit per fer-nos ballar el cap una bona estona.

CAPÍTOL 7

—Per fi, tenim una prova decisiva —esbufega el Massanés.

La prova decisiva que ha portat el seu ajudant li ha tret la coragror del ridícul que l'interrogatori del japonès li ha deixat a la boca. La prova té forma d'ampolleta cilíndrica de poc més de deu centímetres, tapada per un dispositiu d'esprai que polvoritza un líquid verinós. Es tracta d'un flascó de defensa personal, una d'aquestes ampolletes que algunes dones porten a la bossa i que solament faran servir l'esperat dia que les envesteixi el violador. Doncs bé, en una primera inspecció feta al cadàver se li han trobat, als pèls del bigoti i als narius, restes d'aquest mateix producte, fet que confirma que l'assassí l'ha emprat per estabornir la víctima abans d'escanyar-la. El flascó ha aparegut dins de la bossa de mà d'una xiqueta de 17 anys, que viatjava acompanyada d'un amic. Com si amb això no n'hi hagués prou, la Policia Científica ha identificat ditades damunt la superfície del pot, les quals corresponen al seu company, un tal Jordi Martínez Andreu, de 20 anys.

—És clar, la parella d'estudiants! —exclama l'inspector Massanés. I amaneix la sorpresa amb continus i reflexius moviments de cap, que donen a entendre que de bon principi, aquells dos joves ja eren, per a ell, els més sospitosos de tots el viatgers. Decididament, havia d'haver començat per aquí i no per aquell coi d'estranger que, entre traduccions i una cosa i una altra, li ha fet perdre més d'una hora.

Les notes que ha pres a l'autocar li confirmen que la parella seia molt enrere, tan sols quatre files davant del cadàver. Pel que fa a la resta d'efectes personals dels joves, no hi ha cap altre objecte que així d'entrada es pugui relacionar amb el crim. A menys que es considerin sospitosos els adhesius, furiosament independentistes que apedacen les carpetes i les cobertes dels llibres. Com en el cas anterior del japonès, la manca d'equipatge amb què els joves viatgen és un detall que cap inspector de policia no pot passar per alt. A part de la bossa de mà d'ella, una mena de motxilla en miniatura on duia amagat l'esprai, només porten llibres i carpetes farcides d'apunts de classe, material que en aquell moment el sergent Campos revisa full per full per si els troba algun escrit comprometedor.

L'inspector furga la pila de papers fins que localitza el full d'identificació de la noia. Vanessa Garrido Puig, estudiant, 17 anys, resident a Lleida, al Passatge de l'Alcalde Orinachs, sense número. «Em sembla que cau pels Mangraners», rumia arrufant el nas.

—Vull que em facin un escorcoll minuciós dels seients on anaven els estudiants —ordena al Càndid—. Són el 54 i 55. I porta'm aquesta Vanessa, començarem per ella.

La noia és més aviat pleneta, pigada de cara i amb el cabell curt tenyit de color caoba. Amb els ulls plorosos i el paquetet de clínex a les mans, fa tota la pinta d'una estudiant de secundària poc després de saber que li han suspès una assignatura, de manera injusta, naturalment.

El policia la rep amb un somriure tímid, de professor comprensiu i alhora estricte:

—Seu, i calma't, dona. Si em dius la veritat et prometo que no t'ha de passar re.

La xiqueta s'asseu sense gaire convicció, repenjant el seu magnífic cul de texans a la punta de la cadira, amb el cap cot sense gosar aixecar els ulls cap al policia. De tant en tant, ofega un sanglot.

—Et vull veure la cara, Vanessa —exigeix el Massanés—. ¿Que et faig por, o què?

—Tu no —somica ella, reüllant-lo amb la mirada enrogida—. Quan el meu pare ho sàpiga, em matarà.

L'inspector no perd l'oportunitat d'estirar el fil:

—¿Quan sàpiga què, ton pare?

—Lo de la pila.

—¿Quina pila?

—La pila d'aquesta tarda —la noia matxuca nerviosament un clínex—. A la granja.

—A veiam si t'expliques millor, Vanessa! ¿Què vols dir amb això de la pila? ¿De quina granja parles?

—Vull dir l'institut.

—¿Quin institut?

—El meu. —La xiqueta sembla incapaç d'articular frases de més de dues paraules.

—Vols dir l'institut on tu vas a classe, ¿oi? —l'estudiant assenteix amb el cap—. Molt bé, ¿hi ha una granja prop del teu institut? ¿Una granja de porcs, potser?

—No. Els estudiants, en diem la granja, de l'institut.

—Doncs, parla clar nena, que ara no ets a classe!

Esclarida la confusió terminològica, el policia li treu, també pessic a pessic, que «fer pila» en l'argot estudiantil vol dir faltar a classe: fer campana, com deien a la seua època. A mesura que respon, l'estudiant es mostra menys cohibida, de manera que el gota a gota inicial esdevé un rajolinet cada cop més generós. La Vanessa explica que aquella tarda, aprofitant que els companys del seu curs anaven a visitar el monument de la Seu Vella i que en aquestes situacions és més fàcil despistar-se, ella ha agafat el cotxe de línia per anar a veure el seu xicot a Barcelona.

—A veure, a veure... —rumia el policia—. M'has dit que el dijous és l'única tarda que has d'anar a l'institut perquè teniu activitats, ¿oi? —l'estudiant ho confirma amb el cap—. Doncs, ¿per què no hi vas un altre dia a Barcelona?

—Quan no tinc classe, ma mare em fa pencar. Treballa en una perruqueria i vol que l'acompanyi. Em fa rentar caps, escombrar els cabells de terra, coses així... El dijous, amb l'excusa de l'institut, és l'únic dia que me'n puc escapar. Cada setmana, no, que el viatge a Barcelona és molt car.

—Lo que em dius no s'aguanta per enlloc! ¿Em vols fer creure que et gastes quatre mil peles per anar a rebre el teu xicot a Barcelona? ¿D'on els treus tants diners?

—De la perruqueria. La mare em dóna cinc-centes pessetes cada vegada. No és gaire per tres hores, una misèria. El Jordi repartint pizzes guanya molt més. Ell em diu que no hi ha dret, que l'hauria de denunciar, que...

—Està bé, està bé —talla l'inspector. Precisament ara, lo que menys li importa és investigar un probable delicte d'explotació de menors—. Però si avui al vespre el teu amic tenia la intenció de venir a Lleida, ¿per què hi has anat tu? Ja us hauríeu vist a la nit o demà al matí.

—Demà no, que ell a primera hora té classe a la facultat. No se'n vol perdre ni una. L'any passat ho va aprovar tot. No n'hi ha gaires que se'l treguin al juny, tot el primer d'Arquitectura!

—Així, ¿què vols dir? ¿Que la mateixa nit que arriba a Lleida, se'n torna cap a Barcelona?

—Clar. ¿Que no m'ha entès? Penso que m'he explicat prou bé... A vegades ho fem al revés, és ell el que em ve a buscar i encabat jo me'n torno sola cap a Lleida. Tot depèn de les nostres classes. El Jordi no se'n vol perdre cap i jo, ho reconec, me les salto tant com puc, sempre que no es noti gaire.

—Però llavors no teniu temps de veure-us...

—Ens veiem a l'autocar, durant el viatge. ¿Que no ho entén?

—Au vinga, maca! No em faràs creure que us gasteu quatre mil peles cada un, només per magrejar-vos una estona en un seient de l'autocar!

—També tenim el temps de l'estació, mentre esperem el cotxe de tornada. De vegades, per aprofitar millor la visita, ell s'espera fins a l'últim tren de la nit i llavors...

D'improvís, el Càndid interromp el comiat dels amants a l'estació amb una entrada impetuosa, de cavall sicilià. Ja pot deixar córrer l'interrogatori perquè el jutge, a petició de la brigada antiterrorista, ha passat el cas a l'Audiència Nacional. Els dos joves seran traslladats immediatament a Madrid dins d'un furgó de la Guàrdia Civil. Hi ha indicis clars que ells són els assassins, que es tracta d'un atemptat.

—¿I quins són, si es pot saber, aquests indicis? —brama el Massanés, allargant la mà cap al telèfon—. ¿Per què no m'ho ha fet saber abans el Campos?

El cap de la comissaria, des de l'altre cap del fil, mira d'excusar-se com pot:

—Jo no hi he pogut fer res, Massanés. Ho has d'entendre, el terrorisme és cosa d'ells, no volen que els hi toquem...

—¿Saps almenys quines proves tenen?

El Campos només sap lo que li ha dit el Roure. No li ha explicat com s'ho han fet, però el cas és que els mossos de Lleida han tingut accés a l'expedient policial d'aquest estudiant. El Jordi Martínez és un dels capitostos de MEDEA (Moviment Estudiantil de Defensa i Atac), el grup radical que es va fer famós en els mitjans de comunicació, arran d'una esbroncada sorollosa al president del govern quan aquest va visitar la Universitat de Lleida. Posteriorment el xicot va ser cridat a declarar a comissaria per haver conviscut amb un estudiant basc, acusat de pertànyer a un comando d'informació d'ETA. El Roure parla de dos o tres anys enrere, d'abans de la treva. Aquests antecedents no tindrien segurament cap importància, si no fos que fa cosa d'un mes el diputat Morán va denunciar a la policia, als *escuts* per descomptat, haver rebut una carta anònima on se l'amenaçava de mort. La carta anava signada pels MEDEA.

L'inspector Massanés pensa que és una llàstima, que ara tot el seu esforç se'n vagi al carall:

—Quan t'he trucat la noia estava a punt de cantar —assegura al cap de la comissaria—. Deixa'm acabar l'interrogatori i tindràs els culpables.

—¿Per què els vols fer cantar tu? Això ja no és feina nostra.

—Deu minuts, Campos!

—Cinc, ni un minut més —afluixa el sergent—. El temps que triga d'arribar el furgó.

Encara amb l'aparell a la mà, s'adreça a la sospitosa tot assenyalant el flascó de l'esprai que l'ajudant s'ha encarregat de fer reaparèixer damunt de la taula:

—Explica'm per què ho duies a la bossa. ¿Què en volies fer?

—Això no és meu, l'hi juro! Ho he dit abans al policia que m'ha escorcollat.

—No ho pots negar, ho duies a la bossa.

—Sí, ja ho sé, però jo no l'hi he ficat. L'hi juro.

—Au vinga, nena! Que et penses que ens mamem el dit, la Policia! No em vulguis fer creure que algú t'ha fet aquest regal d'amagat, que s'ho ha tret de la màniga el policia mentre et furgava la bossa!

—No ho sé... Em sembla que no... —barboteja l'estudiant amb un deix que sembla sincer—. He vist com el policia ho agafava de dins de la bossa... No m'ho explico.

Ell tampoc no s'ho explica. No la manera com l'esprai ha anat a parar dins de la bossa (això, no costa gaire de suposar-ho), sinó per què la mocosa aquesta s'obstina a negar que l'esprai sigui seu. Segons ella, algú de l'autocar, o potser al baixar, en un moment de distracció, li ha entaforat el flascó a la bossa. I d'aquí no hi ha Déu que la'n tregui. No puc malgastar ni un segon més en aquesta mocosa, es desespera l'inspector. Si més no, prefereix esmerçar els temps que li queda provant sort amb el seu company.

—Vull tornar a Barcelona! Ara mateix! —exigeix a crits l'estudiant en pic apareix a la porta. Amb quatre camades es planta davant del Massanés, al costat de la cadira on dos minuts abans seia la seua companya. Ell no sembla que tingui cap intenció de seure, està massa rabiós—. Em posareu un cotxe, suposo. Des d'aquí i a aquestes hores, no tinc cap combinació.

—Tranquil, que ja te'l preparen, el cotxe —li confirma el policia, incorporant-se de la butaca—. ¿Encara no has arribat a Lleida, i ja te'n volts tornar? ¿Que potser l'has enllestit durant el viatge, la feina que havies previst? Si no, ja em diràs què hi venies a fer, a Lleida, amb un llibre i una carpeta.

—No re, a Lleida no hi vaig a fer re. Acompanyo la Nessa i encabat me'n torno.

La versió del xicot coincideix poc més o menys amb la que ha donat no fa gaire la noia. Segons ell, el viatge amb l'autocar és una bona manera d'estar una estona amb la Nessa, sols, sense que ningú els emprenyi. Sobretot el cotxe de les quatre de la tarda, el qual gairebé sempre va buit perquè la gent, per tornar a Lleida, sol esperar els cotxes que hi ha més tard.

—Se'm fa molt difícil de creure't —replica el policia, amb els ulls perduts en la cua de cavall que li recull els cabells a la nuca—. El cotxe de línia no em sembla un lloc gaire discret per fer segons quines coses. A més, al bitllet teniu els números de seient 5 i 6, explica'm per què us heu canviat de lloc.

—¿Què vols, que catxéssim allà al davant? ¿Als morros d'aquelles velles?

—Ni al davant ni al darrere! No em faràs creure que has pagat quatre mil peles per tirar-te la nòvia a l'autocar!

—Si no t'ho creus, és problema teu...

—¿No vius en un pis a Barcelona? ¿Per què no te l'emportes allà? Més còmode i més barat.

—Sí, home. M'estic a casa d'uns oncles.

—Cardeu al cotxe, doncs.

—Resulta que no tinc cotxe.

—Demana'l als amics.

—Cap dels meus amics no en té.

—Doncs, lloga'n un.

—No tinc carnet.

—Doncs trau-te'l collons, trau-te'l! Que ja ets prou gran!

—No tinc diners.

—No tens diners i et gastes quatre mil peles per passejar-te en autocar! ¿Com m'ho expliques això?

—Els meus calés me'ls gasto amb lo que em dóna la gana.

—Això no és cap explicació —decideix el policia. Podria continuar burxant en la motivació del viatge, probablement a còpia de preguntes l'acorralaria, però ara, estalonat pel rellot-ge, prefereix enfilar una drecera més directa—. ¿Ho coneixes? —amb la mà estira el pedaç de paper de cuina que amagava l'ampolleta d'esprai.

L'estudiant no s'ho pensa gaire:

—És de la Nessa, suposo.

—Suposes bé. ¿Saps què és?

—Jo què sé! Fixador, laca, alguna cosa per al cabell.

—¿Per què ho dius?

—Sempre hi porta potingues d'aquestes, a la bossa. Treballa amb sa mare en una perruqueria.

—No facis el paperot ara! Ho saps perfectament quina mena de producte hi ha dins. Com que sembla que ho has oblidat, et refresco la memòria. Aquesta potinga de perruqueria com tu en dius, ha servit per fer perdre el coneixement al senyor Morán, abans d'escanyar-lo. Ara ja te'n recordes, ¿oi que sí? I no em surtis ara que algú li pot haver ficat a la bossa aprofitant que ella badava. El pot és ple d'empremtes dactilars que un cop analitzades per la policia coincideixen amb les teues. Ja ho veus, has deixat tota la superfície empastifada de ditades. ¿Vols una prova més evident? Nega-m'ho, si tens pebrots!

—L'hi he ficat jo, a la bossa —no té altre remei que admetre-ho. Però tot seguit busca una excusa—. Ho he vist a terra, damunt la moqueta, i ho he plegat. Em pensava que era de la Nessa, que li havia caigut de la bossa.

—¿I ella no ho ha vist quan l'hi ficaves? ¿Que no era al teu costat durant tot el viatge?

—Sí —rumia—. Però llavors no hi devia ser...

L'inspector somriu burleta:

—Potser dormia.

—Ja ho sé on ha anat! —fa de cop—. Era quan l'autocar s'ha aturat i han pujat els civils. Jo he saltat al passadís per veure què passava, i llavors m'he fixat en el mort. I m'hi he atansat per veure'l de més a prop. He tornat al seient i li he dit a la Nessa...

—¿Què li has dit, què? —El mig somriure del policia li hauria de fer entendre que és inútil de buscar una escapatòria.

—Li he dit: «Vés-lo a veure, Nessa. No t'ho perdis, que una carronya fresca de botifler no es veu pas cada dia!» Ella s'ha aixecat, però quan ha sigut al passadís s'hi ha repensat. Els morts li fan por. Ha tirat cap al davant a informar-se. I llavors ha sigut quan jo he vist el pot a terra i l'he agafat pensant-me que li havia caigut de la bossa.

—No t'amoïnis buscant explicacions, que encara ho embolicaràs més. Val més que reconeguis d'una vegada que us heu descuidat de fer desaparèixer el pot de l'esprai després de fer-lo servir. No t'encaparris a negar-ho perquè la teua amiga ho ha confessat tot.

El xicot fa un bot com si l'acabés de picar un escurçó:

—¿Què t'ha dit, Nessa? —brama amenaçador.

—Ho ha confessat tot —repeteix el policia—. La manera com us l'heu carregat.

—Malparit! ¿Què li has fet perquè et digués això? ¿Li has fet mal? ¿L'has torturat, malparit?

Per uns moments sembla que el xicot s'abalançarà cap al policia, a pesar que aquest es troba atrinxerat a l'altre cantó de taula. El Càndid, sempre a l'aguait des de la porta, s'acosta a la taula, disposat a aturar l'agressió. Però no li cal actuar. De seguida l'estudiant es deixa caure a la cadira, totalment ensorrat, almenys en aparença. «Es troba acorralat», diagnostica el policia. «No trigarà ni un minut a cantar».

—Ens voleu carregar el mort! —decideix l'estudiant, contenint la ràbia—. Una putada així no me l'hagués esperat mai de vosaltres. Dels federals sí, totes les bestieses que vulguis, que van aprendre a torturar dels nazis... Quan vau entrar els mossos, me'n vaig alegrar. Ja era hora que els catalans tinguéssim la policia que ens mereixem. Ara veig que tots sou iguals, tots la mateixa púrria!

No és aquesta precisament la cançó que el Massanés esperava escoltar. Mentre l'estudiant es desfoga a gust contra la nostrada institució policial, ell es despacienta veient com es consumeixen inútilment els darrers segons que li han concedit per a l'interrogatori. Els senyals que li envia el Càndid de la porta estant, són cada cop més contundents. Prova l'últim cartutx, adoptant el paper de poli paternal:

—Escolta, Jordi —fa amb posat conciliador, de pare comprensiu i a la vegada realista—. Si m'ho dius a mi, et prometo que no li farem cap mal a la Vanessa, ni a tu tampoc. En el fons, jo tinc les mateixes idees que tu. ¿Que et penses que em fa gaire gràcia viure en un país ocupat?... De debò que et vull ajudar. Si m'ho expliques tot, faré lo que pugui, t'ho prometo. En canvi, si continues tossut, negant-ho tot, us portaran a Madrid, i allà ho hauràs de confessar a la força. Els de la brigada antiterrorista no tenen escrúpols, ja veuràs el pa que s'hi dóna, a Madrid... Vinga, home, només cal que em responguis una pregunta, una de ben sola. Tu l'has matat, mentre ella vigilava, ¿oi?

L'estudiant mou el cap com si anés a dir d'acord, em rendeixo:

—Ben a gust que ho hagués fet —exclama— però altra feina tinc que no dedicar-me a matar porcs pels cotxes de línia! —Es gira un moment atret pels xiuxiuejos de la porta que s'acaba d'obrir, i s'encara de nou al policia—. MEDEA es capaç de matar els seus propis fills, no els bastards. Ho hauries de saber, xèrif de comarques! —I abandona el despatx amb el cap ben alt, exhibint el mateix posat arrogant i perdonavides amb què ha entrat.

L'inspector es queda capmoix a la cadira, amb la mirada perduda a la porta per on ha desaparegut la darrera oportunitat. No hi ha hagut manera de fer-lo cantar, si hagués disposat de més temps, potser sí... Només potser, perquè de fet tampoc no està del tot segur, ni de bon tros, que els estudiants siguin els culpables.

—Porto els resultats —sent que diu l'ajudant.

—¿Quins resultats? —fa maquinalment. S'havia oblidat del Càndid. Ara mateix no sap si l'ajudant ha sortit a acompanyar l'acusat, o bé, si no s'ha mogut del despatx.

El Càndid es refereix a l'escorcoll del seient que ocupaven els joves. M'ho has demanat fa una estona, ¿te'n recordes? Doncs, re, ni als seients ni al terra no hi han trobat rastre de re. Solament han trobat alguna cosa als cendrers del respatller. Tots dos eren embotits de clínexs usats, empapats d'un moc llefiscós que s'ha d'analitzar. El Cano, que té molt bon nas, jura que es tracta de semen i de fluix vaginal. Res de particular.

—¿Res de particular, dius? —el Massanés es reviscola de cop—. Que no te n'adones que això és molt important. Si han catxat, són innocents!

—Si han catxat, són innocents... —repeteix capficat el Càndid, mirant de treure el trellat de la sentència.

—¿No se t'acut per què?

Així, a cop calent, el caporal Càndid Agelet no hi troba cap explicació. Però no hi fa re, el Tòtil sempre té a punt una resposta filosòfica. En aquest cas, el principi «han catxat, ergo són innocents», el fa pensar en un tal Wilhem Reich, un filòsof jueu que amb la seua teoria del «polvet alliberador» es guanyà, unes dècades enrere, la simpatia dels universitaris americans. La cara de prunes agres que li avia l'inspector, el fa baixar a corre-cuita dels núvols filosòfics i mira d'arreglar-ho abans que l'altre no exploti.

—Tu, Sergi, penses que són innocents, ¿veritat?

El Massanés resumeix les seues conclusions, seguint el model de la balança, après en un dels màsters de detectius. En un dels plats, el de la culpabilitat, tenim les amenaces de l'organització MEDEA i l'esprai amb les ditades del xicot a la bossa de la noia. Afegeix-hi, el fet de ser dos (l'un vigila mentre l'altre actua), i, si vols, posa-hi uns grams de temeritat juvenil. Hi ha, però, a l'altre plat de la balança, un seguit de reaccions dels joves, que són inexplicables per a qualsevol psicologia criminal. Com ara, en comptes d'amagar-se de pertànyer als MEDEA, tenim tota aquesta ostentació d'adhesius independentistes o els escarafalls inconstitucionals del xicot. I una altra cosa, que no quadra ni amb l'esquadra. ¿Creus que si realment se l'haguessin carregat, s'haguessin quedat allà al darrere com si re, a tocar del mort? Després de cometre un crim, la reacció més instintiva de qualsevol assassí és fugir del cadàver, al més lluny possible... Per contra, ells no només no s'han mogut sinó que han tingut els sants pebrots de fotre un clau com qui diu als nassos del mort. En definitiva, el pes d'aquest clau és terminant, fa decantar decididament la balança pel cantó de la innocència.

L'ajudant comparteix, més o menys, aquest estat de la qüestió. Per ara, puntualitza, la innocència no els estalviarà el tràngol dels interrogatoris en alguna de les masmorres de la capital de l'Estat. Probablement el polvet no pesarà prou per alliberar-los de la presó, de moment preventiva. Al capdavall, el pensador Reich, fart de predicar l'alliberament sexual i polític, va anar a raure a la presó on va morir.

—Però ¿què hi vols fer? —conclou resignat el filòsof—. Nosaltres ja hem fet tot lo que hem pogut per evitar-ho. M'ha agradat molt col·laborar amb tu, Massanés. Potser en una altra ocasió...

—¿Què t'empatolles ara? No he pas acabat la feina!

—I ben acabada! —L'ajudant s'estranya que el seu cap no ho sàpiga—. El jutge ja se n'ha rentat les mans i ha tocat el dos cap a Lleida. Abans d'anar-se'n, ha ordenat al Campos que deixés en llibertat tots els viatgers. De moment, l'únic que es queda aquí és l'autocar.

L'inspector Massanés s'incorpora d'un salt:

—Corre, ves a buscar el Campos! L'he de convèncer que retingui els viatgers. Entretant jo truco a Lleida, a Barcelona si convé. No puc permetre que l'assassí quedi lliure.

CAPÍTOL 8

—Faig entrar la vella, ¿oi?

—Només em faltaria aquesta! —L'inspector no en vol ni sentir parlar, d'aquella pesada. Encara ara té el cap com un timbal per culpa de la seua xerrameca a l'autocar.

—En pic obro la porta, ja m'espera. Em segueix pel passadís, no me la puc treure del damunt —insisteix l'ajudant—. Diu que vol parlar amb tu, que té coses importants per dir-te…

—Ja ho sé prou lo que em vol dir! Que li han pres un abric no sap si pel viatge, o a l'estació d'autobusos, o potser a la botiga on diu que l'ha comprat. Està guillada! Del que nosaltres busquem, no en sap re aquesta. Ha anat al davant tot el viatge, no s'ha mogut del primer seient. Mira, ¿saps què?, dis-li que ja se'n pot anar cap a casa, així no ens emprenyarà més. Que l'acompanyin a Lleida amb el japonès. Només ells, eh! Dels altres, que no es mogui ningú fins que no els hagi interrogat. I porta'm la nena.

—¿La nena? —se sorprèn el Càndid. Però a l'acte comparteix la decisió del cap—. Em sembla perfecte. «Infants i orats canten les veritats» —i passa la porta diligent. Ni temps de trucar al Campos per recordar-li que no deixi marxar cap altre viatger que no sigui la botiguera o el japonès, que el Càndid torna a entrar convertit en pare resignat i alhora satisfet: la filla en una mà i en l'altra, una enorme capsa de joguines.

—Deixa-les aquí! —ordena la petita dictadora, assenyalant el terra del despatx. De l'inspector ni se n'adona. S'agenolla damunt les rajoles, aboca estrepitosament tota la càrrega de foteses multicolors i es concentra en el joc com si estigués sola al menjador de casa seua.

—Escolta'm un moment, Júlia —diu el Massanés de la butaca estant—. Et vull fer una pregunta, només una. ¿Que m'escoltes, Júlia?

Submergida en el joc, la nena no respon, com si en comptes d'un senyor foraster, fos sa mare qui li està parlant. Agafa un cotxet d'ambulància, l'observa detingudament, girant-lo rodes enlaire per comprovar que funciona i, finalment, el deixa a terra, una mica separat de la pila de joguines. Repeteix l'operació amb cadascuna de les peces de la capsa: un camió, un cotxe abonyegat, un nen amb el cap embenat, un pagès que porta l'aixada al coll, un cotxe de la policia, dues infermeres de la creu roja, una llitera blanca amb taques de sang... Quan les ha revisat totes, aixeca els ulls cap al seu criat, que s'ha quedat dret al seu davant:

—Hi falta el xofer del camió —reclama la nena.

—Això és tot lo que portaves —es defensa el Càndid—. El deus haver perdut abans.

—És meu! —xiscla com una boja—. Tu me l'has pres!

—Escolta, Júlia, escolta —intervé l'inspector, de camí cap a l'estesa de joguines. S'asseu a la gatzoneta al costat de la nena—. Ja sortirà, no et preocupis. Et prometo que trobarem la joguina. Però abans m'has de dir una cosa. Quan jugaves a l'autocar...

—A l'autocar hi era! Ell m'ha pres el xofer! —la Júlia

assenyala el suposat lladre de la joguina amb el ditet acusador.

—Ho he recollit tot —es defensa Càndid, dirigint-se al seu superior.

—Mentider! —xiscla la nena a punt de plorar—. Sense el xofer no puc jugar. Ell és el culpable de l'accident.

—Escolta un moment, Júlia...

—No jugo! —li fa saber. I ho demostra serrant els llavis ostentosament alhora que plega els bracets damunt la faldilla prisada, blau marí, de nena de col·legi privat.

El Massanés no sap què fer. Sortosament el seus ulls fan una cabriola des del cap d'aquella nena aviciada fins al retrat de la paret que presideix la sala. Flanquejat per la quadribarrada, el president del país el renya amb un somriure paternal. «No fotem, Sergi, ¿una criatura et fa perdre l'oremus? Recorda els teus predecessors del 12 de setembre de 1714. Els carrers encara entollats de sang, però ells a la feina: uns a enterrar els morts i els altres a obrir la botiga...» La mirada abandona el quadre per anar a trobar l'ajudant:

—Torna a baix, Càndid. A veure si ho trobes.

Que n'has de ser de mala puta quan siguis gran, esclata per dins, quan es queda sol amb la nena. Si fos filla seua, li fotria un bolet que la paret li'n donaria quatre de rebot. Així i tot, se'n guardarà prou de tocar-la. Sap que només que se li escapi la mà de resquitllada, ja pot dir adéu a la seua carrera professional. En la seua feina, la més petita carícia a un menor pot comportar pitjors conseqüències que estomacar un camió de moros. Afortunadament, l'ajudant torna amb la peça perduda, la qual (ves qui l'hi havia de buscar!), era dins del cendrer. La Júlia li pren el ninotet de les mans i l'asseu dins de la cabina del camió.

—A l'autocar també jugaves, ¿oi? —torna a la càrrega l'inspector, amb una paciència de sant—. ¿T'has fixat si passava algú cap al darrere?

La Júlia fa rodar el camió damunt les rajoles del terrasso. Quan li sembla, dóna una empenta a la joguina i la llança endavant.

—Has vingut tu —diu la nena, tan aviat com el camió topa contra un cotxe abonyegat, on viatja una família de ninots.

—Molt bé, Júlia —somriu el policia—. M'agrada que siguis una nena observadora. T'has fixat també què feia jo, en quin seient em posava.

—He vist com el mataves —La nena gira els seus ullets de picardia cap al seu interlocutor—. T'he vist tombat damunt d'ell al seient. Era un home molt dolent. La padrineta sempre ho diu.

El Massanés esclafeix una rialla exagerada:

—A part de mi, has vist passar algú més, ¿oi que sí?

La nena, que entretant ha fet anar el pagès al lloc de la topada, fica un parell de ninotets dins d'un cotxe de policia i arrenca fent xiular les rodes damunt el mosaic. La manassa de l'inspector atura el cotxe a mig camí de l'accident.

—¿Qui més has vist venir al darrere l'autocar?

La nena li clava una mirada rabiosa:

—Aparta't! Que no veus que és una urgència!! Si vols que jugui amb tu, primer ajuda'm a rescatar els ferits!

El Massanés enretira la mà que fermava el cotxe contra la rajola, i es queda un moment indecís amb el braç estirat damunt de les joguines com si volgués atrapar un escarabat.

—Prepara l'ambulància, home! —el fa espavilar la nena, atrafegada en el rescat dels ferits.

Per fi, el policia es decideix a col·laborar activament

en el joc. Obre les portes de l'ambulància, hi entafora els infermers de la creu roja i una llitera, i empeny el cotxet fins al lloc on ja s'han concentrat la resta de les joguines. Quan l'ambulància arriba, reclama la promesa:

—¿Qui més has vist?

—Un helicòpter de color groc. Ens ha seguit tota l'estona.

—Vull dir dins de l'autocar —aclareix l'inspector—. ¿Has vist algú més que passés cap al darrere?

—La padrineta —amolla la Júlia.

—¿Vols dir la teua àvia?

La nena dubta. Les seues manetes es belluguen nerviosament entre el cotxe accidentat i l'ambulància. Finalment, obre la porteta posterior de l'ambulància i en treu els infermers i la llitera.

—Escolta un moment, Júlia! —el policia treu un dels ferits del cotxe accidentat—. ¿Em dius que la teua àvia també s'ha aixecat i se n'ha anat a seure al darrere de l'autocar?

—L'àvia no, que viu en una residència i no pot caminar de tan vella.

—I doncs, ¿qui és aquesta senyora que t'acompanya?

—La padrineta, ja t'ho he dit.

—Es diu Pilar, ¿oi? Pilar —memoritza un segon— Ferragut.

La nena, que acaba de rescatar el conductor del cotxe xafat, mira de cop el policia, tot deixant el ferit tirat damunt l'asfalt de la carretera imaginària:

—¿I tu, com ho saps?

L'home engrapa amb una de les seues manasses el ninotet desballestat, l'aixeca enlaire talment el braç d'una grua de la construcció i col·loca la figura damunt el baiard que sostenen els infermers.

—Ho sabem tot, la Policia. Bé, tot, excepte el teu viatge d'avui a Barcelona. Vull que m'expliquis tot lo que recordis.

La Júlia acomoda el ferit a la llitera, estirant cames i bracets amb cura per no fer-li més mal encara, l'entafora amb els infermers dins de l'ambulància i surt pitant cap a l'hospital imaginari. Quan es cansa d'esgaldinyar imitant els xiscles de la sirena, dóna per acabat el joc, després de deixar abandonada l'ambulància al mig d'una rajola. Ara està disposada a respondre les preguntes del policia, a condició que li portin una bossa de patates, una coca-cola i una canyeta de xuclar.

Quan el Càndid l'ha servida de tot, compleix la promesa. Afirma la Júlia que amb prou feines sortir de Barcelona, la padrineta l'ha engegat a jugar als seients del darrere. Al cap d'una mica, ha comparegut ella. La padrineta, és clar, però no pas a jugar a accidents. La dona li ha dit que vigili, que si veu acostar-se algú pel passadís, que l'avisi immediatament. Però no ha vingut ningú i al cap d'una estona, la padrineta ha tornat a passar cap al seu seient del davant. La pregunta, formulada per l'inspector al dret i al revés, sobre lo que ha pogut fer la padrineta, resulta del tot inútil. La nena no ho sap, ni sembla que li importi gaire. «Devia voler mirar un secret», repeteix, com si això de mirar secrets fos la cosa més normal del món. El policia imagina que la vella deu emprar aquesta expressió per traure-se-la del davant, quan la seua fillola es mostra impertinent. Gratant més enrere, descobreix que els pares de la nena estan separats. La mare fa temps va tocar el dos amb un monitor d'esquí. Un dia va deixar de fumar, explica la Júlia, i l'endemà se'n va anar a viure amb un home que sempre va vestit amb un anorac, cada dia de color diferent. El pare fa de viatjant de medecines per als animals de les granges. No para mai a Lleida, només el cap de setmana, sempre que no sigui temps de veda perquè llavors l'home, que és molt aficionat a la pesca, torna amb el temps just de canviar el maletí per la canya de pescar. Els dies d'entre setmana, la nena viu a casa de l'àvia, la seua padrina de bateig. Avui se l'ha emportat a Barcelona per anar a cal dentista. Li hauran de posar ferros a la boca perquè les dents li surten tortes, i de gran no podria fer petons. Per descomptat, que a Lleida també n'hi ha, de dentistes, però es veu que per a una senyora com la padrineta no deuen ser prou bons. En assumptes de metges, la dona té el costum d'anar a visitar-se a Barcelona.

—¿T'agrada anar al dentista? —continua el policia, per dir alguna cosa.

—Avui sí, que el doctor no hi era —fa la Júlia amb la boca plena, per damunt de la cruixidera de les patates—. La padrineta s'ha enfadat molt perquè no sabia que hagués canviat les hores de visita…

—És a dir, que has fet el viatge debades! Has perdut un dia d'escola per no re… ¿I què més heu fet a Barcelona?

—Llavors hem pujat en un taxi fins a la casa del doctor Comelles.

—Un altre dentista…

—No, home! Aquest és el metge de la padrineta. Té una malaltia que se li fa vent als budells. Quan té la panxa ben botida, va a Barcelona i el doctor Comelles li trau el vent amb una xeringa. Li fa un foradet a sota el melic —la nena es posa la mà a la panxa—. Aquí, ¿veus? ¿Vols que t'ho ensenyi?—. I s'arromanga les faldilles cuixes amunt.

—No cal —el policia ja és massa gran per posar-se

ara a jugar a metges—. Escolta una cosa, Júlia. Abans has dit que la padrineta et deia que el senyor Morán és un home molt dolent, vull dir aquest senyor que han trobat mort a l'autocar. ¿Saps de què el coneix, la padrineta?

—La padrineta coneix la gent més important de Lleida! I el tiet Niceto encara més.

—Aniceto Gayon de Todoslosantos.

La nena para en sec de mastegar:

—¿Que també el coneixes?

—I tant que el conec.

Un nom d'aquest calibre, d'una pompositat tan emperifollada, no passa desapercebut així com així. Aniceto Gayón de Todoslosantos és una assidu col·laborador del diari *L'Hora*, en la secció de cartes al director. Signa aquesta mena de cartes que comencen, *«Senyor Director, la corrupció del govern socialista de la Paeria és inaguantable»*, o bé, *«Senyor director, ¿fins quan lo senyor Jordi Pujol abusarà de la paciència dels ciutadans d'aquesta ciutat tan espanyola i catalana, com és la nostra estimada ciutat de Lleida?»* I altres entrades per l'estil. Més que no pas de cartes, es tracta de pamflets polítics, d'aquells que no s'empassa ningú, ni els mateixos militants del partit del sotasignat. Només el corrector del diari, i perquè no té altre remei. L'autor ho fa per traure'n profit, conscient que aquesta és l'única manera que el seu nom aparegui de tant en tant al diari. Darrerament, els càrrecs del partit dels autèntics són clients habituals de la secció de cartes, potser per demostrar als lectors del diari que, malgrat pertànyer a un partit conservador, també saben escriure. Fins i tot, en català. Així doncs, lliga caps l'inspector, resulta que aquest senyora i la víctima són del mateix partit.

—La padrineta et diu que el senyor Morán és un home dolent —punxa de nou.

—Sí, molt dolent —corrobora la Júlia amb veu trista i cara d'amoïnada—. Fa mal a les nenes. Diu que si me'l trobo pel carrer, que no el saludi i que si em vol fer un regal, que no l'agafi i que me'n vagi corrents cap a casa. Una dia va venir a l'escola a fer un discurs, i encabat va repartir caramels, i la padrineta em va renyar perquè en vaig agafar un.

—¿Quina classe de mal suposes que els fa, a les nenes?

—Doncs, mal, mal, ja t'ho he dit —s'enrabia la Júlia—. ¿Encara et sembla poc?

A l'acte es penedeix de la pregunta, no són detalls per fer esclarir a una criatura. Mira d'arreglar-ho, ensucrant el to de veu:

—Veiam, Júlia, ¿què et sembla si tornem a l'autocar? Has dit que durant el viatge, la padrineta t'ha fet anar a jugar als seients del darrere i després ha vingut ella, però no s'ha quedat amb tu. ¿Què t'ha dit quan ha passat cap al fons?

Amb les galtetes xuclades malda per escurar les darreres gotes del cul de l'ampolla. El borbolleig de la canyeta adverteix que només puja aire amb regust d'escuma.

—M'ha dit: «seu com Déu mana, que encara prendràs mal.»

—¿I res més?

—També m'ha dit que estigués a l'aguait, que si veia venir algú pel passadís que l'avisés fent la sirena.

—¿Fent què?

—La sirena, la sirena de les ambulàncies. La padrineta sempre diu que quan em sent, se li posa la pell de gallina. Ho faig molt bé, tothom ho diu. Tothom sinó tu...

El policia, complimentós, s'afegeix als elogis. A partir d'aquest punt, però, no pot aclarir gran cosa més. La nena diu que s'ha distret en el joc i no s'ha taleiat de re. A còpia d'insistir, li treu que també ha vist passar cap al darrere un senyor vell, però llavors no ha fet la sirena perquè la padrineta ja havia tornat. La Júlia no té idea de l'estona que la padrineta s'ha pogut estar allà darrere, ni tan sols s'ha adonat del moment en què la dona ha retornat al seu seient de davant de tot.

Tan aviat com el Càndid es fa càrrec de la criatura, l'inspector es gira cap al telèfon i marca el número del diari *L'Hora*. Mentre l'espinguet insisteix a l'altre cap del fil, dóna una ullada al rellotge: les onze i cinc. A aquestes hores de la nit segurament ja deuen haver tancat la redacció, s'esvera. Resignat a penjar, sona per fi una veu cansada i rogallosa, que s'encarrega de passar la trucada al redactor Castellarnau.

—Castell, sóc el Massanés —s'identifica.

—On diantre pares avui, tota la nit que et busco! T'he trucat a casa, a la comissaria, fins i tot al gimnàs... Ja suposo que en un cas així deus anar de bòlit, m'has de donar el número del teu mòbil. Quina passada de crim, deus estar content! Escolta el titular de primera pàgina: «ETA ressuscita matant un polític lleidatà.» «Ressuscita matant», captes el joc de paraules, ¿no? Vaja, suposo que em truques pel crim de l'Alsina Graells, digues, digues!

Ja pot buscar un altre titular, si no vol fotre la pota fins a l'entrecuix!, li engalta d'entrada. Li sap greu aigualir-li el titular, però ha de saber que en aquell moment la Policia encara no ha arribat a cap conclusió, ni sobre els autors, ni sobre el mòbil del crim. De moment ell només li pot avançar que l'organització basca (millor dit, «la banda terrorista» parlant com Déu mana, en llenguatge políticament correcte), no té res a veure amb el crim. Amb tot, tranquil, que tan aviat com se sàpiga alguna cosa més, ell li comunicarà a l'acte. Que quedi clar que el policia no coordina la investigació, ell només hi col·labora, i encara de manera indirecta, i precisament per això l'ha trucat... En definitiva, necessita urgentment informació privada, tafaneries que únicament els redactors de la secció «A cau d'orella» són capaços de conèixer. En concret, li demana que li faci cinc cèntims de la vida privada de tres persones conegudes de Lleida: l'Aniceto Gayón, sa mare, i la víctima, el diputat Feliciano Morán.

La xerrameca que tot seguit li avia el periodista se li fa interminable: escoltant-lo, de poc que no li surten arrels. Deu n'hi do! De la pila de palla que s'ha hagut d'empassar, en destria uns pocs granets que valen tot l'or del Segre. Com ara el fet que en les darreres eleccions autonòmiques, l'Aniceto Gayón figurés com a segon de la llista, darrere Morán, que encapçalava la candidatura dels autèntics. L'Aniceto viu amb sa mare, Maria del Pilar Ferragut de Gayón de Todoslosantos, viuda d'un registrador de la propietat. Home de confiança dels darrers governadors civils del franquisme, que a començament de la democràcia havia fundat l'ALLI (Aliança Lleidatana Independent) coneguda popularment com *l'allioli*. El partit va durar tot just un parell d'anys, a les primeres eleccions democràtiques fou escombrat del mapa. Segons un acudit de la premsa humorística de l'època, si el senyor Gayón no havia aconseguit de fer lligar el seu allioli, era per culpa de la maionesa de la UCD, pastada amb ous d'Adolfo Suárez, en aquell moment la gallina política dels ous d'or. Quan el registrador de propietat i el seu allioli de codonys de l'horta van passar a millor vida, la viuda Gayón va fer unes quantes temptatives per apuntar-se a algun dels partits majoritaris, sens dubte amb la intenció que el nen, l'Aniceto, pogués seguir la carrera política que tan injustament havia sigut negada al pare. Aviat, la dona es va decidir pels *nacionalistes autèntics*. Males llengües deien que era ella qui realment li escrivia les famoses cartes al director, tot basant-se en pamflets espanyolistes que puntualment afusellava del diari ABC. Pel que fa al diputat Morán, vivia sol en un apartament prop del PRYCA, nit i dia amb les persianes abaixades. L'oposició política no tenia cap dubte que en la vida privada de Morán hi havia gat ensacat, per bé que a l'hora de definir el color de la bèstia amagada, les opinions no coincidien. Per al servei d'espionatge socialista, el diputat era simplement del ram de l'aigua, i com que això en una societat moderna i democràtica no és cap tara ni delicte, sinó la cosa més normal del món, ells no volien ser els primers a fer-ne safareig. És clar que, si algú un dia aixecava la llebre (o el gat, per ser exactes) ells també s'afegirien a apedregar-lo, sempre i quan, no cal dir-ho, el PSOE els donés permís. En canvi, segons els catalanistes, influïts potser per la seua estratègia de «avui me'n vaig al llit amb el veí de dreta, demà em cotxo amb el de l'esquerra», el diputat Morán, des del punt de vista del sexe, no era ni carn ni peix, és a dir, un *rara avis* de titola amfíbia. Si no en fan esquella, és per dos motius. Un, perquè en aquesta legislatura tenen signat un pacte de govern amb els autèntics, i tot sia per la governabilitat del país, i dos, perquè tampoc tenen gaire clar si la bisexualitat és una perversió o bé una excepcionalitat de la natura. De totes formes, ho tenen ben anotat i ho esbombaran tan bon punt es convoquin noves eleccions i hagin de partir peres amb els seus companys de viatge. Finalment, els independentistes van molt més lluny. Al parer dels radicals, el diputat Morán és un degenerat pervertidor de menors. Aquests, que no tenen pèls a la llengua, en més d'una ocasió l'han acusat públicament de pederasta. Una militant independentista havia enxampat *in fraganti* el diputat en una llibreria, en el moment que la dependenta li embolicava la traducció catalana del llibre *Alícia al país de les meravelles*. La clienta s'havia quedat de pedra. ¿Què hi feia un polític conservador en un local com aquell, a més, comprant un llibre de literatura infantil, que, per postres, estava escrit en català? A aquell porc li agrada la carn tendra, es van enfilar a partir d'aquest detall els radicals. Al parer del periodista, és una acusació sense fonament...

—Gràcies, Castell —s'ha vist obligat a tallar l'inspector—. Et truco en pic ho tingui lligat.

El nas l'acaba d'advertir de l'entrada de la forastera, mentre els ulls continuen clavats a la llibreta on anota una darrera frase de conclusió: «¿Morán pederasta?» El perfum de senyora vella i rica li fa aixecar la mirada cap a la porta, on ha aparegut un embalum de pèl grisós esperant la tanda.

—Passi, passi, senyora.

La senyora Pilar, viuda de Gayón, es queda plantada uns quants segons, exhibint l'arrogància de qui no està acostumat que el facin esperar. De cop, avança decidida cap a la taula de l'inspector però es queda dempeus, malgrat les reiterades indicacions del Càndid que la inviten a seure. Duu l'abric posat, una manta teixida amb les pells d'una granja sencera de xinxilles. Un dels animalons, l'únic de la matança del qual han aprofitat el cap, li embolica la gorja a tall de bufanda. Tampoc no s'ha tret els guants: punxeguts i negres, protegeixen unes mans de senyora que no deuen haver fregat gaires plats. El Massanés juraria que la té vista de Lleida, tot i que no recorda exactament d'on. Probablement sigui una d'aquestes senyores empellades que els diumenges van a la catedral a missa de dotze, a ensenyar la pell al bisbe, als sants i a totdéu, i al sortir s'entaulen al *Lyon* per fer el vermut.

—No hi ha dret —es queixa la senyora, morruda com un plat de faves—. Aquestes barbaritats no passaven, abans!

Aquest «abans», suposa el policia, es deu referir als pacífics temps del seu marit. Tota la raó del món, senyora: al llarg dels quaranta anys de franquisme no hi hagué cap diputat al parlament de Catalunya que fos assassinat! Però es mossegà la llengua. Al màster de criminologia li han ensenyat que, d'entrada, és important que el policia es mostri amable, fins i tot adulador, envers l'interrogat. De manera que comença demanant disculpes per les molèsties que la investigació policial li pugui ocasionar. La senyora ha de comprendre que ells tenen ordres del jutge d'interrogar tots els viatgers de l'autocar, tots, incloent-hi criatures i persones del seu rang, fora de tota sospita. Finalment, tanca el formalisme del preàmbul demanant la seua col·laboració per tal d'esclarir el crim al més aviat possible.

—Té una fillola molt eixerida —entra en matèria—, espavilada com una mala cosa. En deu estar molt orgullosa, suposo.

La senyora entoma els elogis sense deixar-se estovar. Continua dreta al costat de la cadira, altiva i rígida com una *prima donna* davant del piano, a punt d'esclafir l'ària de la muller ofesa. Gràcies a la nena, continua raspallant el policia, ha sabut que és la mare de l'Aniceto Gayón, un polític que ell coneix per les cartes al diari. Per bé que el policia no comparteix totes les seues idees, no pot negar que les cartes estan molt ben escrites, que el seu fill sap dir les coses pel seu nom... Veu, en canvi, del senyor Morán, el company de partit de l'Aniceto, no n'ha llegit mai ni una línia als diaris de Lleida. Ha sentit dir que publica articles en un diari de Madrid, no recorda en quin. La reacció de la senyora no es fa esperar:

—Mentida! —salta com una llagosta—. El Feliciano no n'ha escrit mai cap, d'article. Ja l'hi dic jo, era incapaç de confegir una ratlla.

—Vostè ho sabrà millor —admet de bona gana el policia—. Llavors, trobo una mica estrany que els del seu partit el posessin de cap de llista... No entenc per què no van triar una persona culta, amb més carisma, com l'Aniceto, per exemple.

—S'ho mereixia millor que cap altre, però a última hora li van fer la traveta. Coses del partit! —sospira resignada.

La comprenc perfectament, senyora, té ganes de consolar-la l'inspector. En política, els odis pitjors es couen entre els candidats d'un mateix partit. Caldo adobat per al crim.

—Però ja l'hi perdonem, pobre Feliciano —continua la dona—. Ha fet molt per la província, és una gran pèrdua per a Espanya...

—Ara el seu fill ocuparà el lloc de Morán al parlament. Li deu fer molta il·lusió, imagino —troba la intervenció poc discreta, i a l'acte mira de suavitzar-la amb matisos—. Vull dir, que després de la desgràcia, de la gran pèrdua que sens dubte suposa per a Espanya, el seu fill podrà ser parlamentari, tal com es mereix...

—¿Què vol que li digui? —amb la punta dels dits es pinça nerviosament els guants com si se'ls anés a traure—. Si ha de començar a rebre amenaces de mort, m'estimaria més que continués com ara.

—¿Té idea qui els hi va enviar, els anònims al senyor Morán?

—Els terroristes bascos. O els separatistes d'aquí, tots són la mateixa banda de criminals.

En comptes de furgar per aquest nou forat, el policia prefereix retornar al tema de mare orgullosa davant dels èxits polítics del fill:

—Bé, però a vostè, com a mare, bé li deu fer il·lusió que el seu fill vagi al parlament.

—Al parlament del Parque —puntualitza la dona, amb una ganyota de menyspreu—. ¿Què vol que li digui? ¿Què vol que li digui?

Però al final, no ho diu. A aquesta garsa, prova d'endevinar el policia, lo que de debò li deu fotre gràcia és el parlament de Madrid. És clar que, posats a ser ambiciosos, entre el floquet de neu i els lleons de les Corts, no hi ha color.

—Digui'm si a l'autocar ha vist re que li hagi cridat l'atenció. —La senyora ho nega, remenant una permanent impecable. —¿S'ha fixat si algú s'aixecava del seient?

—La nena, que és un cul de Jaumet. Tipa d'aguantar-la, l'he engegat a jugar al darrere.

—¿I a part de la nena?

—No, ningú més... —Tot d'una, canvia d'idea—. Ara que hi penso, potser sí. Sí, n'estic segura. Un home caminava pel passadís, venia del darrere. L'he vist casualment una vegada que m'he girat.

Pels detalls que dóna del viatger, no pot ser altre que el padrí del barret, dedueix el policia. Fa una breu anotació a la llibreta, i continua interessant-se per la viuda.

—¿Em pot explicar què feia vostè durant el viatge?

—Llegir. El diari, una revista que he comprat a l'estació.

—¿No s'ha mogut mai del seient?

—No.

—¿N'està segura? Pensi-s'ho bé.

De cop, la dona deixa d'afilar-se les urpes i estreny les mans amb els dits encaixats formant un puny. Tensa, a la defensiva. No li ha volgut ensenyat les mans, però tant se val, igualment l'ha enxampat.

—Jo no ho tinc pas entès així, senyora —dispara el policia—. Algú l'ha vist passar cap al darrere i al cap d'una estona ha tornat.

—Aquest algú deu ser curt de vista.

—No porto ulleres, senyora, ni me'n cal. Li asseguro que l'he vist amb aquests ulls. ¿Que no se'n recorda, que estava assegut al seient de l'altra banda del passadís?

—Doncs jo li dic que és mentida —s'entesta la senyora.

—Senyora Pilar de Gayón —fa solemne el policia— m'haurà d'explicar què ha anat a fer als seients del darrere.

—A vostè què li importa!

—Molt m'importa. I al jutge encara més. ¿Prefereix potser explicar-l'hi tot a ell?

—Lo mateix n'ha de fumbre ell que vostè! —Dóna mitja volta i sense perdre l'orgull ni la compostura s'encamina cap a la porta. En el moment que empunya el pom per obrir, es posa a sonar el mòbil.

CAPÍTOL 9

La senyora Rossita vallespí, mestressa de *Modas La Generosa*, resta immòbil a tocar de la porta, respirant l'olor de pintura d'aquella mena de sala d'espera de metge acabada d'estrenar. De metge del *seguro*, sense títols acadèmics penjats a la paret, ni ficus de fulles artificials en un racó, ni una maleïda revista del cor caducada per entretenir els nervis. Dues rengleres de cadires de plàstic fosc, d'aquestes fixes de closca de petxina, dibuixen, al llarg de les antostes principals, una mena de pedrís damunt d'un terra quadriculat per enormes rajoles de terrasso blavós. Si fa no fa igual que l'habitació on era abans. En una de les cadires hi ha un home assegut, el xofer del cotxe de línia, que no sembla haver-se adonat de la presència de la viatgera. Aclofat al seient, l'esquena contra el respatller i el clatell a la paret del darrere, aprofita l'espera fent una capcinada.

«No es mogui d'aquí, senyora!», l'ha escridassat fa un moment el guàrdia que l'acompanyava, obrint la porta. I l'ha advertit de mala manera: «Si la torno a enxampar tafanejant pel passadís, la portarem a Lleida tant si vol com si no.» A Lleida amb les mans buides, ni parlar-ne! ¿Què s'han cregut, aquestos policies? Maten un polític de segona fila que mai no ha sortit per la televisió, i correu-hi tots, tota la policia del país, de bòlit buscant els culpables. I si entretant a tu t'han robat una caçadora de pell, et diuen que t'ho facis mirar. Ja ho dic jo, que tot és política. Per l'amor de Déu, home, no hi ha dret! Durant l'any et deixen bleït d'impostos, que si l'IAE, que si la taxa tal, que si l'impost que ni ells saben de què és, i a l'hora de la veritat, quan vas a denunciar que t'han xafat el vidre de l'aparador, o que un drogat t'ha amenaçat amb un ganivet i de poc se n'emporta la recaptació del dia, se't treuen del damunt tan aviat com poden. Espavil, senyora, que passen quintos! Com si fos un saldo de quatre duros, la caçadora que reclama. Si no ho saben, n'ha pagat quinze mil pessetes, en un majorista del carrer Més Alt de Sant Pere. I es podria vendre ben bé per trenta-cinc mil, segur que no dura ni una setmana a l'aparador. I en cas que quedi per a les rebaixes, a trenta mil pessetes, li trauran dels dits el primer dia. Quaranta mil peles a prendre pel sac, i això sense comptar els bitllets de l'Alsina! I sense comptar la bronca que li clavarà la filla quan sàpiga lo que li ha passat. Ja li sembla que la sent: «Que no ho veu, mama, que avui dia això d'anar a Barcelona expressament a comprar una peça de roba, ja fa riure! A més, vostè ja no té edat per viatjar sola pel món... ¿Sap què li dic?, que massa poc, així una altre dia es quedarà a casa mirant la tele»... De cap manera, sense recuperar la compra, ella no es mou de la comissaria, ho té claríssim.

El cartell turístic del Pirineu, clavat a la paret del fons, és l'únic entreteniment possible enmig de tanta buidor. La panoràmica mostra el perfil d'una parella de muntanyes, unides per una canal de neu, amb un estany d'aigües blavíssimes als peus. «Vols-te jugar que són Els Encantats!», sospira, i s'hi atansa amb un puntet d'il·lusió als ulls. Hi va pujar una vegada amb autocar, tornant de Lourdes, on havia acompanyat la tieta Antònia al cel sigui. *Muntanyes per a grans descobridors*, l'adverteixen d'un bocí lluny les lletres negres que suren damunt l'aigua de l'estany. Deuen ser d'Amèrica, imagina, un pèl decebuda, l'antiga mestressa de *Modas La Generosa*. Per desxifrar la lletra petita s'ha de posar les ulleres. *Pirineu de Lleida: Panoràmica de Els Encantats i estany de Sant Maurici*. Ja li semblava que allà dalt hi havia estat! Ves per on, de jove va ser gran descobridora, i ella fins ara sense saber-ho! Llavors tenia bona cama... Un bon tip de caminar que es va haver de fer per arribar a l'estany, i sort encara de mossèn Lluís que la va ajudar a empènyer la cadira de rodes de la tieta Antònia. Ara que hi pensa, la tieta Antònia al cel sigui ja ho va dir: «Aquí dalt, Rossita, no et pensis que hi pugui pujar qualsevol.»

L'encantament davant del cartell no dura gaire. Cremada com està, ni totes les muntanyes del món li podrien traure la caçadora del cap. Però ¿com redimonis pot haver desaparegut una bossa d'aquell embalum? Si pel camí l'autocar hagués fet parades, encara tindria explicació que algun espavilat li hagués pres al baixar, però havent vingut directes des de Barcelona... Un cop més, la dona ressegueix mentalment tots els passos d'ençà del moment que l'ha trobada a faltar. Quan l'autocar s'ha aturat davant de la comissaria i ella ha baixat del cotxe per recollir-la, ja no hi era. El policia que explorava per dins el nínxol del portaequipatge li ha dit que ell ha sigut el primer d'obrir la porteta i que dins no n'hi havia cap, de paquet. De la manera com l'home l'ha engegat, a la viatgera no li ha fet gaire bona espina... ¿I si se l'hagués quedat per a ell, la caçadora? No tots el policies són honrats, i una caçadora de pell autèntica com aquella, és molt gormanda. Són tots uns xavalots, aquestos mossos, i una peça així fa molt goig a la joventut... Camí de la comissaria, s'ha fixat, un per un, en l'equipatge que traginava cada viatger. Res de sospitós: o bé anaven amb les mans buides o bé lo que portaven era tan reduït que no semblava que hi pogués cabre de cap manera. Ja a l'entrada, quan encara no els havien separat, ha fet córrer la veu entre els viatgers amb una darrera engruna d'esperança. Qui sap, potser algú s'havia confós de bossa, o havia vist que el policia se l'emportava, en fi, potser algú li'n podria donar raó. Llavors ha sigut quan la xiqueta aquella dels cabells tenyits de color d'aram ha sortit amb la història de l'home corrent. La noia ha assegurat haver vist durant el viatge un individu (també podia ser una dona amb pantalons) que corria amb un caçadora llampant de color carbassa. Temps li ha faltat a la botiguera per cosir-la a preguntes: «¿On era?, ¿cap on corria?, ¿n'estàs segura que l'has vist?, ¿t'has fixat si el coll de la caçadora era de pell girada?» I el guàrdia que els vigilava: «Silenci, senyora! Recordi que estan incomunicats per ordre del jutge.» Ja pots rondinar, ha pensat ella, si aquesta no m'ho explica tot ara mateix, rebento. Però la xiqueta no tenia gran cosa més per explicar. Tan sols la imatge vaga, en algun moment imprecís del viatge, d'un individu corrent per un descampat i vestit amb una caçadora, exactament com la que ella havia perdut. «Recordo que he pensat», ha afegit la noia per corroborar l'autenticitat del record: «mite'l aquest, sembla una mandarina.» I ja no n'ha pogut treure res més. En fi, al cap d'una estona, li han confirmat que un cop escorcollat l'autocar i els viatgers, no havia aparegut cap peça de roba de les característiques que ella reclamava.

Un estossec a la seua esquena, la torna a la sala d'espera de la comissaria. La dona es gira cap al xofer que esbufega de fàstic, després de mirar el rellotge.

—Quina desgràcia! —explota la botiguera—. ¿Vostè tampoc no té idea de qui ha pogut ser?

El conductor encongeix les espatlles:

—No poden haver sigut gaires. Aquell pelut, el negre, un estranger que ha pujat a la Diagonal… M'estranya que triguin tant a pescar-lo. Ens hi faran florir.

—Jo em referia al lladre que m'ha pispat la caçadora. No cal tenir por que els autors del crim, ja els trobaran, ja… En canvi, veu, jo vaig a denunciar que m'han robat una peça de roba per valor de cinquanta mil pessetes, i ni m'escolten. Quina barra que tenen! I ja m'agradaria saber qui paga més impostos, els polítics o els botiguers… Tot és política. A cobrar prou que vénen, no se'n descuiden, no. I de vegades amb ben poca educació… Sap quina una me'n va dir una vegada un municipal, parlo d'anys, quan passaven per les botigues a cobrar la radicació, doncs, ell que, tot pinxo, se'm despenja: «Els comerciants del carrer Major no us podeu queixar, que feu els quartos a cabassos. Aquí, ni que fos merda, vendríeu.» ¿I sap què li vaig respondre? «El dia que vendrem merda, confio que vostè serà el nostre millor client. Vostè i tots els d'uniforme!» Li juro que l'hi vaig clavar pels morros.

L'home tiba els llavis, que donen a entendre un tímid somriure de compromís. La botiguera finalment s'asseu, una mica de costat, amb les cames esbiaixades cap al seu interlocutor, que seu dues cadires més enllà. Es repapa al seient i sospira:

—Una cosa així no m'havia passat mai, i miri que me n'he fet un bon tip d'anar amb l'Alsina a comprar gènere a Barcelona. Un ramat de viatges, moltes vegades amb vostè de xofer. Em coneix, suposo.

—Potser sí que la tinc vista —concedeix l'home— No em fixo gaire en els viatgers.

—És clar, vostès han d'estar per la feina —admet la viatgera, mentre observa com el seu interlocutor s'aixeca de la cadira i s'allunya amb les mans a les butxaques cap al fons de la sala—. Ho reclamaré! —crida de cop— la cosa no s'acabarà així. Demà al matí faré una reclamació a l'administració de l'Alsina. Confio que m'ho abonaran.

—No hi voldran saber res —li avança l'empleat, girant-se de cara—. Si hagués facturat el paquet, podria reclamar, però ara no. L'empresa no en té constància escrita.

—Doncs ho trobo injust. L'empresa ha de respondre de les pèrdues d'equipatge.

—¿Com ho demostra, que el paquet li han robat a l'autocar? Potser li han pres a l'estació, mentre agafava et bitllet... Hi ha molts pispes rondant per allà.

La dona es posa dreta i s'hi atansa per abordar-lo:

—Això sí que no! Jo mateixa he ficat la bossa a dins del portamaletes. He arribat abans d'hora i la bossa em feia nosa perquè volia donar un tomb per les botiguetes. M'agrada mirar els preus i comparar. A l'andana no hi havia cap empleat i he deixat la bossa dins del portamaletes. Me'n recordo ben bé.

—Jo també me'n recordo ben bé, senyora! —atura l'envestida l'empleat—. Quan he obert la tampa del portaequipatge, de bossa no n'hi havia cap. I encabat, abans de pujar al cotxe per sortir, tampoc hi havia re. No havia d'haver deixat la bossa abandonada, sense un empleat que vigilés. N'hi ha que sempre estan a l'aguait pels que baden —rumia un moment i afegeix—. Per cert, ¿com l'ha obert, la portella?

—Estirant de la maneta, ¿com vol que ho fes? Anava una mica dura, però de seguida ha cedit. Recordo que he aixecat la portella una miqueteta, només perquè hi passés la bossa i, un cop a dins, l'he deixat caure de patac. ¿Tanquen de cop, oi, aquestes portes?

L'home té el cap en una altra cosa:

—¿On era la porta que diu? ¿A quin cantó de cotxe, al davant o al darrere, se'n recorda?

—Deixi-m'ho pensar... Al cantó del xofer no, a l'altre. Sí, això mateix, a la banda dreta, en sentit de la marxa i una mica enrere.

—Doncs sàpiga que el portaequipatge, l'únic que hi ha a l'autocar, és al darrere de tot.

—¿Al darrere de tot, diu? ¿Que no hi ha el motor?

—En altres cotxes sí, no pas en els cucs, en els cotxes articulats, vull dir. Li repeteixo que abans de sortir de l'estació he mirat a dins, i no hi havia re. —L'home es gira d'esquena i s'esmuny cap a l'altra banda de la sala, donant a entendre que no hi ha res més a discutir.

—Potser sí que m'he confós —reconeix la dona—. Com que el cotxe amb què hem vingut avui era diferent...— i reprèn l'abordatge del xofer, el qual ha anat a refugiar-se en una cadira de l'altra punta de sala—. ¿Sap què ha passat? Que m'he equivocat de porta i l'he ficat en un altre lloc que no era el portamaletes. Hi ha altres compartiments, ¿oi?

—Sí, és clar, el del motor, el de la neteja, el dels recanvis... però estan tancats amb clau. I encara que no n'estiguessin i hagués deixat el paquet com diu en un d'aquests forats, a l'arribar hagués comparegut. Pensi que la Policia ho ha regirat tot. Ni que l'hagués fotut dins del dipòsit del gas-oil, pot estar ben segura que hagués sortit.

La viatgera no es dóna per satisfeta:

—Vull tornar a l'autocar —decideix. I sense més explicacions s'encamina amb passes ràpides cap a la porta.

La buidor del passadís desemboca a l'entrada, en aquest moment un bullidor de policies. Cap d'ells s'adona de l'escapada de la botiguera que s'obre pas entre els mossos, policies de paisà i algun civil escadusser. La dona es dirigeix al mosso de la recepció, el mateix a qui fa una estona ha denunciat la desaparició de la bossa.

—Ja ha sortit la caçadora, em sembla. ¿Se'n recorda? —L'agent no l'escolta, com la resta de policies de l'entrada només està pendent del que passa a fora, a l'altra banda del vidre. Amb tot, demostra que s'ha adonat de la presència de la dona:

—¿Ha vist els terroristes? Se'ls emporten a Madrid —fa sense desclavar la mirada del pàrquing—. Els hem exampat ben de pressa. Miri, ara pugen al furgó.

Malgrat veure els joves de llampada, la Rossita distingeix entremig dels uniformes el cabell d'aram de la noia, rutilant amb els llums dels cotxes. «De manera que aquesta mosseta amb pinta de gata moixa i el seu amic pelut han resultat ser els criminals», s'esgarrifa la dona. Qui s'ho podia imaginar! Li tremolen les cames només de pensar que poca estona abans ha enraonat amb una terrorista de carn i ossos. ¿I si l'hi haguessin pres ells, la caçadora? Ca, s'hi ha fixat bé. El noi només duia llibres i ella, una motxilleta penjada a l'esquena, d'aquestes xiques que semblen una aranya. A més, la Policia els hagués trobat la peça de seguida, segur que els han escorcollat de cap a peus. Lo més probable és que la noia anés drogada. No recorda on va llegir que els terroristes, abans de cada atemptat, es prenen una droga perquè així poden matar més tranquil·lament i sense cap escrúpol de consciència. Després de prendre una porqueria així, deuen tenir visions, somnis estranys... De totes maneres, lo curiós del cas és que el paio del somni portés una caçadora de color carbassa, igual que la que ella ha comprat a Barcelona...

—Digui, senyora, digui —el guàrdia ara sí que està per ella.

Amb quatre paraules la dona li comunica que a l'estació d'autobusos ha ficat per error la bossa en un altre compartiment de l'autocar, i per això ara ho vol anar a mirar. De primer, el policia no sap de què li parla. Quan l'hi explica millor, diu que ell també s'alegra de la troballa. Pel que fa al permís de pujar a l'autocar, ho haurà de consultar a dins, que no es mogui d'allí, que ara torna. En un tres i no res, la dona es queda sola a la recepció. El pàrquing també es buida de cotxes, surten en caravana un darrere l'altre com si el furgó policial que ha arrencat fa una mica els anés xuclant des del davant. L'autocar de l'Alsina gairebé s'ha quedat sol, ajaçat dins de la boira com un serpent monstruós, vermell i blanc...

—Vingui, senyora, anem!

El mosso d'esquadra ve acompanyat d'un individu jove, vestit amb anorac i texans, que la Rossita suposa policia de paisà. A l'altra banda dels vidres, els espera la boira puntual del novembre, la més freda i remaleïda de tot l'any.

—Ja veurà com no hi ha re —remuga a la seua esquena una veu coneguda.

És el conductor de l'autocar, el qual a darrera hora s'ha decidit a col·laborar en la recerca del paquet perdut. L'home, que ve corrent, de seguida els passa al davant. Camacurt i baixet com és, trota ridículament com un nanet en direcció al cul de l'autocar. No va gaire abrigat, només el jersei blau marí, massa esporret de roba pel fred que fa. Quan ella i el policia hi arriben, ja ha tingut temps d'aixecar la porta del maleter posterior i de donar un cop d'ull a dins.

—Aquest, ja li he dit que no era —refusa la viatgera.

N'està tan segura que passa de llarg sense ni tan sols dedicar una mirada a l'interior del maleter. Es concentra un moment i de seguida ho veu clar—: L'he ficada aquí dins —amb el dit assenyala una portella, al costat de la roda posterior, ja a la paret lateral del cotxe.

—No pot ser, aquí hi ha els trastos de la neteja! —brama el xofer, picant de peus a terra per espolsar-se el fred.

Al policia del xandall, per obrir el compartiment, només li cal fer girar la maneta i estirar cap amunt. Tots tres s'ajupen alhora per comprovar que, efectivament, es tracta de l'armari de la neteja. De fora estant es pot distingir la galleda de plàstic, l'escombra de raspall i pots de lleixiu i de detergent. Tot i l'evidència, la viatgera no queda satisfeta, de manera que, sense pensar-s'hi gaire, s'esmuny a quatre grapes cap a dins per inspeccionar millor el nínxol.

—Cony de dona! —renega el xofer—. Mira que n'arriba a ser de cabarruda! Surti d'aquí!

La pudor que la sobta a l'entrada no impedeix que avanci unes passes per dins del túnel. A les palpentes, ja que el seu cos obstrueix la mica de claror que s'hi filtrava de fora. Palpeja bé les parets, ressegueix els racons, però re, no toca cap objecte que mínimament es pugui assemblar a la bossa extraviada. Feta la inspecció, retrocedeix de recules i en el moment de saltar a fora, fa caure la galleda, la qual aboca les escombraries als peus del seus acompanyants.

—¿Ja està contenta ara? —brama el xofer, esbufegant pels nassos fumerades de baf.

La doneta s'incorpora, s'espolsa lleugerament l'abric mentre observa la merdegada, i sense demanar disculpes pel desperfecte que ha ocasionat, gira cua en direcció a la comissaria. Capmoixa i amb les mans igual de buides que fa un moment, quan n'ha sortit.

CAPÍTOL 10

Només faltava el telèfon perquè se li atarteri encara més la feina! L'inspector té l'orella enganxada a l'auricular del mòbil, un ull al paper on acaba d'esborrallar una anotació, i l'altre a l'esquena de l'abric de pell, encallat davant del marc de la porta.

—T'hagués trucat jo, Roure —s'avança el Massanés, que ja es veu venir el xàfec.

—¿Quan m'haguessis trucat, demà al matí? —es queixa el seu superior de Lleida—. Escolta, Massanés, m'has demanat una hora per trobar l'assassí i ja en fa més de tres que espero el resultat. Els viatgers han de tornar a casa immediatament, no els podem retenir ni un segon més pel nostre compte!

—Calma, que la cosa està al caure —xiuxiueja a l'aparell, tot caminant cap al racó més allunyat de la porta—. La tia és a punt de cantar. Sí, una senyora, no t'ho esperaves, ¿eh? De les millors famílies de Lleida i del mateix partit del diputat. —Calla un moment mentre observa com la dona de l'abric s'ha repensat i ara torna cap a la taula sense presses—. He de penjar, Roure. Et truco d'aquí a un moment —Apaga el mòbil, el desa en un calaix, i encabat agafa un full de la carpeta i fa veure que el llegeix perquè entretant l'altra tingui temps d'arribar.

—Fa molt bé de tornar, senyora de Gayón —l'inspector li dedica una mirada, que vol ser amable i comprensiva.

Tot i seure a la cadira, la sospitosa es manté tensa. Repenja al seient una petita part del cul, tot mantenint l'esquena rígida, el cap cot i les mans estrenyent la bossa de mà contra la falda.

—Estic malalta —confessa sense aixecar els ulls de la bossa.

Comença a traure's el guants, tot estirant-los per la punta dels dits, com si tragués la pell a una bestiola estranya. Queden al descobert, ara l'una ara l'altra, unes mans fràgils, de pell arrugada i esblanqueïda. La consistència i el color de les ungles, pintades de color fetge, contrasten amb els dits de pelleringa. Sembla impossible que aquestes potes de gallina vella hagin pogut escanyar un home.

—Continuï, sisplau.

—Tinc gasos al ventre... —barboteja mentre furga amb els dits la bossa de mà—. M'he de medicar... Prenc un medicament molt fort —li allarga una capsa de medecines—. Aquí en té la prova.

El policia agafa la capsa poc convençut. *Ventosid, càpsules*, anuncien unes lletres grosses, de color vermell.

—Llegeixi el prospecte. On hi diu *Efectes Secundaris*.

El fullet de paper fi té els replecs gairebé enganxats, com si abans de ficar-lo a la capsa li haguessin donat un cop de planxa. L'apartat d'*Efectes Secundaris* és a baix de tot:

—«Compte amb la dona embarassada.»

—Continuï —insta la sospitosa, quan ell se la mira amb cara d'incredulitat.

—«Atenció als malalts d'asma. En dosis fortes i prolongades pot afectar el ritme de la respiració. En casos extrems pot produir l'asfíxia». —I al full no hi ha res més.

El policia força tota la seua capacitat de barrinar per tal de lligar caps al més aviat millor. ¿Tal volta patia d'asma el diputat?, és l'únic que se li acut.

—Continua al darrere —insisteix la dona.

Llavors gira el paperet i llegeix el darrer efecte secundari de la llista:

—«Atenció a les relacions socials. Tenint en compte que la flatulència desprèn una olor fortament desagradable, s'aconsella al malalt que en el moment de l'evacuació dels gasos (aprox. tres quarts d'hora després d'ingerir la càpsula) procuri trobar-se sol, preferiblement a l'excusat.»

—Al bar de l'estació m'he pres una pastilla... —se sincera la dona—. ¿Ho comprèn ara per què a mig viatge he hagut de córrer cap al darrere?

«Marrana, més que marrana!», reacciona el policia. Ara ho comprèn tot, l'escapada de la senyora i altres coses. Com és ara, la pudor que desprenia el cadàver de plàstic a l'aula de criminologia o el misteri del camió de porcs que l'ha despertat del somni... Ho comprèn tan bé que torna la medecina a la senyora i li diu que ja se'n pot anar a casa, ella i la neboda malcriada, no fos cas que de nou hagués de ser víctima d'un d'aquells efectes, que només qui té el nas atrofiat gosaria titllar de secundaris.

El rellotge marca dos quarts de tres de la matinada. Més de vuit hores investigant, sis persones interrogades, comptant el xofer, i lo més calent a la nevera! L'ajudant, després de complir la darrera ordre (deixar la porta oberta i esbatanar un moment la finestra perquè s'esvaeixi la bravada de perfum), acut sol·lícit a donar ànims al seu superior:

—Amunt els cors, Sergi Massanés! Mentre quedin viatgers per interrogar, hi ha esperança! ¿Vols la meua opinió, la meua *doxa platònica* i, per tant, subjectiva? —a més d'ànims vol donar-li consells—. Opino que fins ara actues d'acord amb un judici preconcebut, un prejudici del qual t'hauries de desempallegar.

—Explica't, Càndid —fa sense convicció.

—Parteixes del principi de dos assassins. Si més no, ho sembla. Primer interrogues la parella d'estudiants, encabat la vella i la néta... ¿Per què ho dónes per fet, que han d'haver sigut dos, els assassins?

—No ho dono per fet, Càndid, només ho suposo. Un de sol és massa arriscat. Qualsevol passatger que es canviés de seient (i n'hi ha molts que ho fan al llarg del viatge) o que senzillament es posés dret per agafar alguna cosa del prestatge, podria enxampar-lo *in fraganti*.

—Poc o molt, tots els assassins s'arrisquen. Qui no s'arrisca no pisca. ¿Saps què va escriure Aristòtil, a propòsit de la proliferació d'éssers? *Non sunt multiplicanda entia sine necessitate*. Principi filosòfic general que aplicat al nostre cas podem traduir per una cosa així: no suposis gratuïtament dos o més assassins, si no són del tot imprescindibles. Al meu parer, per escanyar un home adormit, no els hem de menester, dos assassins.

—Si tan segur estaves que els que he interrogat eren innocents, ho haguessis pogut dir abans! Tu també ets d'aquells que, en pic li han vist el cul, diuen que és mascle!

—No t'amoïnis, que tot té els seus avantatges. Al cap i a l'últim, el fet d'eliminar els sospitosos per parelles, també fa que n'haguem avançat més. ¿Quants ens en queden? ¿Potser ja hem liquidat més de la meitat dels viatgers? Hem de ser optimistes, home!

És clar, com que ell és filòsof i no hi té res a perdre, s'ho passa la mar de bé. Com més estona duri el sarau millor! Després del fracàs del japonès, se li ha escapat de dir: «M'encanten els interrogatoris, tant de bo durin tota la nit. Són com els diàlegs de Plató...» Quines penques! Doncs, ja se'n pot començar a despedir, que la cosa s'acaba. Aquí tens, per ordre de preferència, els comptats saldos que ens queden a la sala de baix:

—Agustí Sogues —llegeix per al seu ajudant. Dels tres fulls que té a la mà, deixa el primer damunt la taula—. Un vell que potser no s'aguanta els pets, però tant la nena com la vella han declarat haver-lo vist anar i tornar dels seients del darrere. Santiago Fust —estén la fitxa damunt la taula—. Aquest tampoc no em fa gaire bona espina. Estic bastant segur que jo l'he vist de resquitllentes en el moment que tornava cap al davant. Si li torno a veure el clatell, t'ho confirmo. Àgueda Castro —el Massanés es desfà del darrer full—. Una tia bastant jove, lletja i tan curta de vista que ha de portar unes ulleres gruixudes com boles de vidre. Juraria que s'ha passat el viatge amorrada a un llibre. Finalment hi ha el negre, de qui només sabem que es diu una cosa així com Dudú. Si convé, li haurem de buscar un intèrpret en la seua llengua de l'Àfrica, però no serà fàcil.

—Em sembla perfecte. Deixem el negre per l'últim —hi està d'acord el Càndid—. Si tots els sospitosos ens fallen, al final un negre indocumentat encara ens pot traure d'un *apuro*.

Mira-te'l el filòsof, somriu l'inspector, tan càndid que semblava! Amb tot, confia que no caldrà arribar a aquest extrem. Fóra una llàstima que un crim polític d'aquesta categoria es resolgués amb un negre insignificant, com qui diu, acabat d'arribar de la selva. Després d'escarrassar-se tota la santa nit, es mereix un assassí de més volada. El telèfon mòbil reclama de nou l'atenció.

—Vés a buscar el vell —ordena l'inspector, engrapant l'aparell.

Torna a ser el Roure. Contràriament al que es temia, el seu superior de Lleida no s'interessa per l'assassí (fa un moment quan l'ha deixat amb la paraula a la boca, li ha jurat que estava a punt de caure) ni l'esbronca per la manca de resultats. Aquesta vegada el comissari truca per facilitar-li la feina. Resulta que els mossos de la brigada del joc de Barcelona tenen fitxat un dels viatgers de l'autocar, un tal Santiago Fust. En el moment de pronunciar aquest nom, apareix el Càndid acompanyant un vellet. L'inspector se'l mira amb cara de tres déus, corrugant les celles i gesticulant amb la mà per fer-li entendre que aquest no, que vagi a canviar-lo per l'altre sospitós. Tot i l'evidència dels gestos (semblants als d'un entrenador de futbol que reclama des de la banqueta un canvi de jugador), no hi ha manera que el ximplet del Càndid ho entengui. «He rebut per fax l'expedient d'aquest individu», ha continuat entretant el Roure. Expedient que a part dels informes policials, conté molta informació procedent del jutjat i de la Conselleria d'Agricultura. Acaba d'enviar un cotxe de Lleida perquè vol que li lliurin a mà l'expedient. «Es deu pensar que encara hi ha *escuts* pul·lulant per aquí», suposa el Massanés. O potser no es refia del Campos. Al capdavall, havia sigut guàrdia civil!... Com que encara trigarà mitja hora a rebre-ho, li n'avançarà cinc cèntims per telèfon.

—Un moment, que prenc nota —demana temps. En comptes d'empunyar el bolígraf, amb el palmell de la mà tapa la boca al telèfon i aclareix les ordres a l'ajudant que continua mirant-se'l com un talòs: «Emporta't el vell, redéu, i fes venir l'altre, el Santiago.» Captat el missatge, torna a l'aparell—. ¿Saps qui havia començat a interrogar quan tu has trucat? Sembla que m'hagis endevinat el pensament, Roure. El mateix Santiago Fust! Digues, digues tranquil, que l'Agelet ja me'l vigila!

—Una bona peça, aquest Santiago —comença el Roure—. No hi ha a Catalunya casino ni sala clandestina on ell no hagi posat els peus. Té motius més que sobrats per carregar-se el Morán. Escolta el currículum. Any 1979, majorista de fruita. Compra dos camions de préssecs als pagesos de Seròs destinats a Mallorca. Els queda a deure la compra, amb l'excusa que la fruita es trobava en males condicions i que se li va podrir tota al port abans d'embarcar-la. Hi ha denúncies semblants a Vilanova de la Barca l'any 81, i a Alguaire, el 83... Any 1987, el trobem implicat en una xarxa de fabricació i distribució d'una mena de clembuterol destinat als porcs. El nou producte revoluciona els porcs lleidatans. Com que reté una part de l'orina de l'animal, en pocs dies tenim més pes, menys purins per llençar, i un cop a la carnisseria, uns pernils ben gustosos que ja no cal salar! La Guàrdia Civil descobreix el laboratori en una torre de la partida de Malpartit. Enxampen el tècnic de fabricació, un professor de l'Escola d'Agrònoms, el dissenyador de capses i envasos, i un parell de grangers de la Noguera. En el judici apareix repetidament el nom de Santiago Fust, però és absolt per falta de proves. Tot indica que ell era l'encarregat de distribució de la droga. I ara les referències de la Conselleria d'Agricultura, que són les que ens interessen. Darrerament el paio es dedica a adquirir pastures de muntanya, milers d'hectàrees de pastures que els ajuntaments del Pirineu subhasten cada any. A la muntanya li diuen el *Gran Vaquer*, tot i que ell no en té ni un, de cap de bestiar. Ho entendràs si et dic que la Comunitat Europea subvenciona els vedells que pasturin durant un temps a la muntanya. Lo que fa el Santiago és revendre les pastures, repartides en petites parcel·les, als grangers de tota Catalunya. Amb el justificant de la compra, el granger ja pot cobrar la subvenció. Naturalment els vedells no es mouen mai de la granja. Com que tots els implicats, ajuntaments, intermediaris i ramaders, hi surten guanyant, ningú denuncia la situació. El govern d'aquí ho sap però fa els ulls grossos. I l'oposició també, hi ha una mena de pacte de silenci sobre l'assumpte. Al cap i a la fi, si es destapa el merder, els diners de la Comunitat destinats a Catalunya aniran a una altra autonomia, on fan les mateixes martingales que aquí. Un dia, però, el parlamentari Morán es disposa a trencar el pacte de silenci. Els autèntics, ja ho saps, si no és l'etern tema de la prohibició del castellà a Catalunya, no saben gaire amb quina reclamació fer bullir l'olla. El diputat Morán, que al ser de Lleida forma part de la comissió d'Agricultura del parlament, coneix tots el detalls de l'assumpte. Fa quinze dies, en una entrevista al diari *Vuestro País* va anunciar que portaria al ple del parlament el tema «del viatge turístic dels vedells al Pirineu». L'entrevistador, que no sabia de què va la història, s'ho va prendre com una broma, igual que la majoria de lectors de la capital, però l'amenaça segur que no va passar desapercebuda al Santiago. Si ara el diputat descobreix la trafica a l'opinió pública i a la premsa, s'han acabat els viatges fantasma dels vedells, al carall un negoci que al Santiago li suposa uns quants milions cada temporada. El ple del parlament està anunciat per la setmana entrant. Tot quadra, ¿no et sembla?

«Massa i tot que quadra!», exclama interiorment

l'inspector, amb la mirada clavada a l'esquena del sospitós que el Càndid ha fet asseure. La mateixa pellissa marró, les mateixes espatlles de goril·la, el mateix clatell de rissos cendrosos... el mateix individu, en definitiva, que ha vist de llampada a l'autocar, poc abans de descobrir el cadàver. ¿Com és possible que altres sospitosos li hagin pres la tanda en l'interrogatori? Entre dones i canalla ha perdut miserablement un temps preciós...

—¿M'escoltes, Massanés? —reclama el Roure—. Un moment, que encara no he acabat. Li agraden els cotxes esportius, el paio faroneja que ell mateix va a triar-se'ls a la fàbrica italiana. És cert que hi va tot sovint, a Itàlia, però vés a saber per a què. Els italians se les pensen totes per arrencar subvencions de la Comunitat Europea. Això que expliquen de les oliveres de plàstic, no re, comparat amb la conversió de les geleres dels Alps i dels volcans del sud en terres verdes de pastura, tot per als vedells de les granges... Ja la saben llarga, ja! T'ho explico perquè la màfia italiana, que és qui realment gestiona allà les subvencions, pot estar implicada en el crim. I re més, et deixo. Truca'm en pic canti.

El Massanés abandona el racó de la sala on estava instal·lat i recupera el seu lloc de la butaca, donant mitja volta a l'entorn del nou, i espera que definitiu, sospitós. A l'altra banda del clatell es troba amb una cara robusta, de pell colrada, amb una cua de cigar apagat tatxonada als llavis. Després de les disculpes de rigor per les molèsties de l'espera, el policia s'afanya a encerclar la presa.

—¿Com és que ha anat a Barcelona amb l'Alsina i no amb el seu cotxe?

El sospitós gronxa el cap amb moviments exagerats:

—Lo mateix em pregunto jo, xaval!

—Sé que té bon gust pels cotxes, sé que li agrada

conduir... —continua el policia sense immutar-se—. Expliqui'm per què precisament en aquest viatge ha preferit el cotxe de línia.

—Tu saps moltes coses, xaval! —mastega les paraules sense obrir gairebé la boca amb la cua de cigar ballant-li als llavis—. Però potser no saps que tinc un fill de dinou anys, i que fa quinze dies va xafar el cotxe. I potser tampoc no saps quin dia de la setmana és avui. Millor dit, ahir, que les dotze vés a saber on paren.

—Ahir era dijous —això sí que ho sap el policia.

—I ¿què passa els dijous a la nit a Lleida? Si tinguessis un fill de dinou anys, no caldria pas que t'ho preguntés. Doncs passa, xaval, que tot el jovent de la ciutat surt a fer el bèstia per les discoteques. Li vaig dir: «Tranquil Ramon, tindràs el cotxe quan torni de Barcelona.» Però ahir al matí, quan vaig entrar al garatge, el cotxe havia volat. Devia pensar: «el vell tornarà a les talúries i em fotrà la festa enlaire»... A part, quan un té dinou anys i el Maserati de son pare al garatge ple de gasolina, qualsevol va a peu a la Universitat! Vaig haver d'anar a l'estació amb taxi.

—I a Barcelona, hi havia d'anar forçosament avui. Bé, ahir. ¿No es podia esperar fins un altre dia? ¿Per què tanta pressa?

—No, de pressa, cap ni una. Ja ho havia decidit...

—¿Què és exactament lo que havia decidit? ¿Quin assumpte important havia de solucionar?

—No t'ho creuràs, xaval, però encara no havia estat mai al nou Casino.

A l'inspector, no li ve de nou. El casino del Port Olímpic és un motiu prou important perquè un jugador empedreït com el Santiago vagi expressament a Barcelona. Amb tot, fa un senyal al Càndid que hi truqui i se n'asseguri.

—¿Què més ha fet a Barcelona? No em dirà que s'ha passat tot el dia al Casino...

El sospitós no té inconvenient a explicar en què ha passat la resta del dia. A la sortida del Casino ha entrat en un bingo d'allí a prop, però hi havia tan poca gent que no pagava la pena jugar. Després, ha agafat un taxi fins al Corte Inglés de la plaça Catalunya, amb la intenció de comprar-se un conjunt de caça, (jaqueta, gorra i pantalons), però no se n'ha quedat cap perquè els colors de camuflatge, verd, groc i marró, eren massa pujats. Com si la caça fos una activitat primaveral! Si em foto al damunt aquestes floritures, els senglars em descobriran d'una hora lluny! Encabat, s'ha entretingut una estona a Canaletes, discutint de futbol amb un culé de merda (ell sempre ha sigut i serà de l'Espanyol), ha tirat Rambla avall xino-xano fins a les botigues del port i finalment ha acabat dinant en una pizzeria del Maremàgnum. Vet aquí amb quines foteses assegura haver matat les cinc o sis hores d'estada a la capital.

—I dels italians, ¿què me'n diu?

—Un país collonut! —dissimula el sospitós—. Ells sí que en saben, de viure.

—Sap perfectament a què em refereixo, senyor Fust. Parlo dels italians amb què ha dinat.

—¿Que jo he dinat amb italians, dius?

—Dinar, fer el cafè o el sigui —cedeix terreny el policia—. Tinc entès que s'ha citat amb italians.

—Ho tens mal entès, xaval.

Ho deixa estar. No es veu amb cor de continuar per la via dels italians, no disposa de prou elements per collar-lo. Val més tustar per un altre costat:

—¿A què es dedica, senyor Fust?

—M'agrada que em facis aquesta pregunta, nena!

—I esclafeix una riallada. Tot seguit, s'apressa a corregir el malentès—. No et mosquegis xaval, que això de nena no anava per tu. El Ramon ho diu sempre, el meu fill. A la discoteca, quan alguna mossa, una d'aquestes estudiants de mestra més calentes que Déu i Mariasantíssima li crida a l'orella, perquè allà si no crides per damunt del terrabastall de la música, no t'enteres de re, llavors quan la mossa xiscla: «Ramon, ¿tu, quin cotxe tens?», ell diu: «M'agrada que em facis aquesta pregunta, nena!, a fora ens espera un Maserati.» I pessigada a la popa!

—Li he preguntat per la feina —es veu obligat a recordar-li el policia.

—Jo faig de pagès, xaval. Tens al davant l'únic home d'Espanya que ha tornat al camp, a fer de pagès. Què dic d'Espanya, del món, xaval, del món. Tots pleguen, doncs jo m'hi poso! Ara, no et pensis que vagi brut de terra. Tinc tractor, remolc i les cinquanta mil hòsties que s'hi poden enganxar, però no sé com funcionen. Tot m'ho faig fer. N'hi ha que es queixen que no troben jornalers. No els entenc. Si de negres i de moros n'hi ha a puntades de peu. I contents que els deixi menar el tractor!... Sí, xaval, sí: un senyor pagès amb l'esquena dreta! Mira'm les mans! ¿Hi veus cap tall, cap durícia? Quan vegis un pagès amb les mans fetes una llàstima, pensa que és un desgraciat que es fot de gana...

—Si tan bé viu —burxa l'expagès de l'horta de Lleida— deu ser molt bona la terra que conrea, deu donar molt.

—¿Donar molt, dius? ¿Vols creure que encara és l'hora que hi culli el primer sarpat de gra? A replegar la collita hi ha massa feina, no et compensa. A part, les assegurances et foten unes clatellades... La pagesia moderna som com els jardiners, que llencen la gespa quan l'han segat. La meua especialitat són els productes de Brussel·les i allà dalt lo que volen és que conreem la terra, no cal que en recollim els productes. No et pensis ara que tot sigui sembrar i parar la mà... Abans no cobres, te'n fas un bon fart, d'omplir papers, hi ha més feina en la paperassa que a treballar la terra. Ara, tot lo que faig és legal; jugo segons unes normes que no he sigut pas jo qui se les ha inventat. ¿Saps qui són els pagesos que més calés cobren de Brussel·les? El primer és la reina d'Anglaterra, el segon, la duquessa d'Alba. Tot s'ha capgirat, el món s'ha tornat boig. Però, ¿veus, xaval?, els rics continuen amorrats a la mamella de la vaca.

El policia aprofita l'avinentesa de la mamella per redreçar la conversa:

—Pel que tinc entès, vostè també hi està amorrat, a la mamella. Si no de la vaca, dels vedells. ¿Què me'n diu del negoci de les granges?

—No te'n puc dir re, xaval, perquè no n'he posat mai cap, de granja. Em dedico a la terra, jo, no a les bèsties.

—Potser no s'hi dedica directament, però hi especula —puntualitza el Massanés—. Expliqui'm si no, què en fa de les pastures que compra als ajuntaments de muntanya.

—Me les torno a vendre, no et fot! ¿Què vols que en faci, de l'herba, que me la mengi jo?

—Revèn les partides als grangers perquè hi portin a pasturar els vedells.

—No els ho pregunto per què les compren. No m'importa. Com si les volen per anar-hi a collir carreretes! Escolta xaval, al món que som, totdéu viu del negoci de comprar i vendre. Comprar barat i vendre car. Bé totdéu, excepte la Policia, i els funcionaris, que viviu gràcies als que negociem. ¿Quin mal hi ha?

—Cap mal, estigui tranquil —reconeix el policia, que dóna per acabades les preguntes de prova, fetes només per confirmar la informació que li ha avançat el Roure. El mal, vindrà ara—. ¿Coneixia el diputat Morán?

—¿Qui has dit, xaval? —el sospitós malda per encendre el puret apagat.

—L'home que han assassinat a l'autocar.

—No, no el conec.

—¿Ah no? Doncs, ho trobo molt estrany per un home com vostè, tan ben informat en assumptes d'agricultura. ¿No sap que el diputat Morán formava part de la comissió d'Agricultura del Parlament de Catalunya? ¿No sap que ell era partidari de canviar el sistema de subvencions? —el to de veu esdevé més emfàtic a mesura que s'enfila per les preguntes—. ¿No sap que en el proper plenari del Parlament...?

—Una altra vegada! —talla el negociant, i comença a emparrar-se amb els mateixos retòrics «no saps»—. I tu xaval, ¿no saps que el parlament de Catalunya no hi té art ni part en l'assumpte de les subvencions? ¿No saps que les castanyes de l'agricultura es couen a Brussel·les? ¿No saps que ja m'estàs tocant els pebrots? ¿Què ets penses, que l'he escanyat jo?

El policia aguanta uns moments la mirada d'uns ullets desafiants des del fons de les esletxes, més encesos que el cigar. El Càndid aprofita el silenci per fer-se notar. Ja en torna a fer de les seues, maleeix l'inspector. D'ençà que ha tornat a la sala, que no para d'enviar senyals al seu cap, mostrant un barret que porta a les mans. Els escarafalls dels braços sembla que li indiquen que deixi córrer l'interrogatori, que ha aparegut la prova definitiva. Massa que se les coneix, les seues proves definitives!

—Una última pregunta, senyor Fust. Expliqui'm per què durant el viatge ha anat als seients del darrere i després ha tornat.

—¿Anar-me'n al darrere, dius? Em sembla que et confons...

—No m'ho pot negar, jo mateix l'he vist com tornava de la seua, diguem-ne, passejada cap al darrere per estirar les cames. —Per fi, t'he enxampat en una mentida!

—¿Que jo he anat al darrere a estirar les cames? —de cop fa memòria—. Ah, potser vols dir quan m'he canviat de seient. Al pujar al cotxe m'havia assegut cap al darrere per encendre el puret. Al darrere del tot no, que salta més que un remolc. Al cap d'una estona, he sentit una pudor molt forta. Només podia ser la dona del seient del davant. La marrana havia baixat a llufar-se allà baix. Aquella de l'abric pelut que va amb una nena, ¿saps qui vull dir, xaval? Una pudor espantosa, si no és pel puret, et juro que em fa treure les tripes allí mateix. Per això m'he canviat. Ara que, al davant també se sentia prou. ¿No ho has notat, tu? Em sembla que no tens el nas gaire fi, xaval.

Ni el nas, ni altres coses, admet de mala gana l'inspector Massanés. Amb aquest pallasso de Càndid allà a la porta fent ganyotes i gesticulant, no hi ha Déu que es pugui concentrar en les preguntes. Millor que faci una pausa, a veure què coi li vol dir l'ajudant.

CAPÍTOL 11

—El vell se'ls havia amagat al folre del barret —repeteix entusiasmat el Càndid. Amb la clau del cotxe a la mà a tall de pinces, malda per desembullar el manyoc de tripes blanquinoses que acaba de traure de dins d'un barret de feltre—. Quan tu ens has dit que fotéssim el camp, li he atansat el barret que havia deixat damunt de taula, i el vell me l'ha pres dels dits amb una manotada. Aquesta reacció instintiva m'ha fet sospitar. ¿Qui s'ho podia imaginar que se'ls hagués amagat aquí? —El garbuix de budells s'ha transformat finalment en un parell de guants de plàstic descolorit.

Al parer de l'ajudant, la implicació del vell en el crim és evident. Amb la mateixa rapidesa amb què ha destriat els guants, mostra la seua personal ració d'arguments acusatoris. Primer, la policia científica, a part de les ditades del pot d'esprai, no ha trobat empremtes a cap altre lloc. Ni als agafadors dels seients, ni a cap superfície llisa propera al cadàver, no n'hi ha ni rastre, cosa que demostra que l'assassí ha tingut la precaució de posar-se uns guants. ¿On són els guants? Tret dels que la foca aquella de l'abric duia posats, no n'ha aparegut cap més, ni dins de l'autocar ni en els escorcolls a què s'han sotmès els viatgers. Segon, ¿per quin motiu se'ls amagava, el vell? No em diràs que el folre del barret sigui el lloc habitual on la gent decent acostuma a portar aquesta peça de vestir. I tercer, ¿per què uns guants higiènics? ¿Has vist mai pel carrer cap home elegant, amb corbata i trajo de sastreria, que portés a les mans uns guants de goma?

L'inspector no comparteix, ni de bon tros, les evidències del seu ajudant. La imatge del vellet polit i respectable que recorda de l'autocar, no hi ha manera que encaixi amb la de l'assassí del polític. Ja havia reparat en el vell a l'estació d'autobusos. Aquell viatger del barret de feltre que havia vist arribar amb taxi i que després havia sigut un del primers a pujar a l'autocar, li semblà llavors un personatge escapat d'una pel·lícula vella, una d'aquestes pel·lícules d'espies dels anys cinquanta. Una relíquia del passat, ha pensat llavors, com la gorra dels grisos que recorda de xic, com el tricorni de la Guàrdia Civil. Quan al final del viatge, s'ha fixat de nou en el padrí i n'ha pres nota, li ha semblat del tot inofensiu. Un funcionari jubilat, probablement mestre, viudo i amb les filles casades, que ja els està bé que el pare visqui sol. Així i tot, no pot negar que els guants de goma amaguen algun misteri. Potser només un pecat venial, com la truja de l'abric de pell.

—¿I per què creus que ho hauria fet, Càndid?

—Vet aquí la gran pregunta! Ja ho va dir l'Aristòtil, no hi ha causa eficient sense una causa final. «Ni dona sense caliu, ni criminal sense motiu», que traduïa el doctor Sèbio de Pau, *honoris causa* per Hortoneda. La causa eficient és, en terminologia jurídica, l'autor del crim. La causa final, el mòbil que l'ha empès al delicte. En canvi, els estoics...

—Càndid! —el renya arrossegant la primera síl·laba del nom—. T'he demanat un mòbil.

—Aquí el tens: mòbil polític. El presumpte acusat, millor dit, el dintre de poc presumpte acusat, no ha renunciat mai a les seues conviccions republicanes. Ni els anys d'exili li han pogut treure del cap les idees radicals. El seu gendre ha reconegut...

—¿El seu gendre, dius? ¿Què t'empatolles?

—El gendre del vell s'ha presentat a la comissaria. Acabo de parlar amb ell. Potser havia d'haver començat per aquí. No l'he fet passar perquè tu estaves ocupat amb el paio del puret. Lo que no sé és com s'ha enterat que el sogre era aquí... El deu haver avisat el detectiu que esperava l'arribada de l'autocar a l'estació de Lleida. ¿Vols que el faci passar?

—Un moment. Primer explica'm què hi pinta un detectiu.

—Un, no; dos. Dos detectius no deixen el vell de petja, l'un a Barcelona i l'altre a Lleida.

—Per l'amor de Déu, Càndid. Explica't amb ordre.

—Ordre vol dir paciència, que és la mare dels ous de la clarividència —adverteix el filòsof de secà. I tot seguit aboca a glopades la biografia del vell, versió gendre, servint-se de les notes preses al llarg de la conversa. Agustí Sogues, 85 anys, pagès, hereu de casa bona del poble d'Alpicat, comarca del Segrià. Des de fa trenta anys, ja d'abans de quedar-se viudo, cada quinze dies el nostre home agafa el cotxe de línia i se'n va de putes a Barcelona. Dijous sí dijous no, el clau quinzenal és sagrat. Darrerament se cita amb una meuca que no en té mai prou. De quartos, és clar. La bandarra, que ha ensumat que el padrí té calé llarg, li vol xuclar fins al moll de l'os. El vell la complau, li dóna tot lo que li demana, que no és poc. Com que la paga de la jubilació no li arriba, es ven les finques d'amagat de la filla i del gendre. Les propietats són a nom seu i mentre visqui en pot fer, mai millor dit, lo que li surti dels ous. Fa poc va malvendre la millor finca, uns bancals de fruiters a tocar del poble, a una immobiliària de Lleida que ja hi ha començat a construir cases adossades per a les aurinetes...

—¿Auri què?

—Aurinetes. Al poble els diuen així perquè els propietaris de les cases són famílies joves de Lleida i tot el sant dia van amunt i avall amb el cotxe, traginant canalla, bosses del súper i plantes per al jardí. Igual que les orenetes al niu. Continuo. Deia que l'ancià és un deixeble fidel del savi Epicur. *Carpe diem.* Literalment, *les carpes viuen quatre dies.* A pesar dels anys, el padrí manté el cap molt clar i, pel que sembla, la titola també li carbura. Per evitar que continuï polint-se el patrimoni familiar, el gendre acut a una agència de detectius. Solució: tan bon punt com el dijous al matí el vell surt per la porta de casa, dos agents, un al poble i l'altre a Barcelona, li segueixen els passos. Mentre el viatge a Barcelona es redueixi al clau quinzenal, ells tranquils. Encara millor, que catxi tant com vulgui, a veure si rebenta d'una punyetera vegada. Ara, en pic el detectiu observa que la parella posa els peus a l'entrada de cal notari, llavors, alerta, cal actuar amb rapidesa per impedir-ho.

—¿Com s'ho fa per impedir-ho?

—Fins ara només s'ha hagut d'actuar un camí. El detectiu es va abalançar damunt la meuca, li va prendre les ulleres, i endevina qui t'ha tocat. Com que sense ulleres la vella no hi veu quatre en un ruc, i és tan desconfiada que es malfia de totdéu pensant que l'enganyaran, en comptes del notari va voler anar a l'oculista. D'aquella feta, la mala puta porta lentilles. Però, ¿saps quina en té pensada el detectiu?

A l'inspector no li interessa:

—Prou, Càndid —sospira—. Tot lo que has explicat fins ara no fa sinó confirmar que el vell és innocent. La catxera, ja ho has vist en la parella d'estudiants, és un motiu prou raonable per agafar el cotxe de línia. Com si els homes de comarques, per catxar, haguéssim d'anar a Barcelona! Ahir era dijous, tocava fotre el clau i punt.

L'ajudant apuntala les sospites amb nous arguments:

—No te'n refiïs ni un pèl. La cita amb la dona, li pot servir de coartada. No oblidis que al poble ho sap totdéu, que el dijous va a Barcelona... A més, els vells són tots garrepes de mena. No t'imagines el fotimer de passes que poden arribar a donar per botigues i consultoris mèdics, total per estalviar-se un duro. I això que les cames tot just si els arrosseguen. El viatge quinzenal a Barcelona, entre l'autocar i els taxis, li suposa una despesa de set o vuit mil peles. I això sense comptar els honoraris de la puta. Vull dir que pot haver aprofitat perfectament el viatge per carregar-se el Morán i així matar dos moixons d'un tret: el pardal de la cigala i l'ocellot monàrquic.

—El teu mòbil antimonàrquic no s'aguanta per enlloc! —li torna la pilota l'inspector—. Ningú no mata per les seues idees republicanes, per radicals que siguin.

—Els republicans d'avui per descomptat que no, però no oblidem que el vell és un republicà d'abans de la guerra. Seixanta anys enrere era un jove de la flamarada, que odiava a mort el rei i els capellans. Va passar deu anys a l'exili, ha explicat el gendre. En algunes coses bé ens demostra que conserva bullent la sang de la joventut...

—A veure, a veure... Fins i tot admetent que fos capaç de fer una bestiesa per les idees republicanes, ¿per què precisament el diputat Morán?

—Doncs, perquè és monàrquic!

—Tots els polítics ho són, avui. Tret dels quatre extremistes penjats, ¿has sentit algun partit que critiqui el rei? Els qui no el raspallen ni li llepen el cul, el deixen estar en pau, si més no.

—Morán els supera tots, almenys en aparença. Encara el rei no ha sortit de Madrid que el Morán ja l'espera a Vilaller per ser el primer de donar-li la benvinguda al baixar de l'helicòpter. Encabat, l'acompanya a la Vall d'Aran i per les pistes d'esquí, sempre darrere d'ell com un gosset. Pensa que era l'únic polític de la província de Lleida que sabia esquiar... El cas és que cada hivern apareix fotografiat al costat del rei a tots els diaris d'Espanya. I ja no parlem de les revistes del cor. Probablement el rei no sap com traure-se'l del damunt, però ell ha aconseguit la imatge de company del rei, una imatge que li dóna molt rendiment polític. Una fotografia al costat del rei comporta més vots que quatre anys d'esgargamellar-se a la tribuna del parlament de Catalunya.

—Morán ha mort escanyat i tu em parles d'un vell xaruc que no s'aguanta els pets. ¿Que et penses que escanyar un home és com enllestir un pollastre? ¿Quina força vols que tingui a les mans?

—¿Força a les mans dius? Vés-li al darrere, carallot! Si en té a la mà del mig, també en pot tenir a les altres dues! —i riu tot sol del seu acudit. Després de la riallada, afegeix—: Recorda que tant la vella de l'abric com la nena han confirmat que l'han vist tornar dels seients del darrere.

—Està bé, Càndid —decideix gens convençut—. Fes-lo passar.

—Em sembla perfecte. —I se'n va tot satisfet a la recerca del seu candidat a assassí.

L'ajudant torna al cap de poc empenyent un home amb pinta de venir de la festa d'un casal de jubilats. Alt i ben plantat encara, va vestit amb un trajo de llana fosc, sabata baixa i corbata de colors discrets. El fa asseure a la cadira i es retira de la sala. Per l'edat podria ser son pare, potser fins i tot son padrí, pensa l'inspector aixecant els ulls dels papers. Els anys de vegades potser sí que perdonen una mica, però mai no obliden del tot. Se'l veu abatut, pel viatge a Barcelona, per les hores de vetlla, per la pila d'anys que arrossega, sens dubte. Potser per altres motius... El policia va directament al moll de l'assumpte:

—¿Coneixeu aquests guants? ¿Són vostres? —El tractament de vós li ha sortit sense pensar-s'ho. El vell, com si no l'hagués sentit: ni respon, ni es digna mirar l'embolcall de la taula—. ¿Ho sabíeu que els portàveu al barret?

—Sí —reconeix finalment.

—¿Per què els portàveu amagats? —De nou el padrí es fa pregar—. No us amoïneu, senyor Sogues, no us acusem de re. Sabem que durant el viatge us heu aixecat del seient i heu anat cap al darrere de l'autocar. Jo mateix us he vist pel passadís quan en tornàveu. No m'ho negareu, suposo.

—No.

—Doncs, vinga, expliqueu-me per què us heu canviat de seient.

—Fa de mal dir... —Una ganyota li desencreça la cara—. Ho volia fer a Barcelona, però no he pogut...

—¿Què és lo que volíeu fer a Barcelona i no heu pogut?

—Una necessitat... una necessitat, diguem-ne... —el padrí no troba la paraula—. Tenia una necessitat psicològica.

—Psicològica —repeteix l'inspector paladejant cada síl·laba—. ¿Patiu alguna malaltia mental? ¿Esteu en tractament psiquiàtric, potser?

—Em sembla que no ho he dit bé. El metges en diuen una cosa així, una necessitat del cos.

—Fisiològica, voleu dir una necessitat fisiològica.

—Això mateix.

—No em digueu ara que heu anat als seients del darrere per ca... per fer de cos! —s'enfada el policia.

—No, això sí que no!

—I doncs, quina...

Un cop de porta sobtat li fa empassar la resta de paraules de la pregunta. Només podia ser el tocacampanes del Càndid, que amb el seu sentit de l'oportunitat, acaba d'irrompre a la sala de forma intempestiva, com de costum. Quina mosca li deu haver picat, ara! L'ajudant branda ostentosament un full de paper com si mostrés un dècim premiat de la rifa de Nadal. La mirada fulminant que li dedica el seu superior no pot impedir que avanci fins a la taula, ni que li posi el ditxós paper davant dels nassos. «És una fotocòpia», xiuxiueja. «El Campos té l'original.» Ara precisament, no està per fotocòpies. Gira el full al revés, l'aparta a un costat i amb la mirada diu al missatger que foti el camp a l'acte del seu davant.

—Em dèieu —el Massanés ja torna a estar pel vell—, em dèieu que no heu fet de ventre. Doncs, quina necessitat corporal teníeu.

—La *prosta*, sap...

—Voleu dir la pròstata.

—Sí, això. Em van operar, no vaig quedar bé... Tinc *continència*... Més de dues hores no puc aguantar. ¿Comprèn per què em poso guants? Em tremolen els dits i de vegades m'escatxigo...

L'inspector se'l mira sense escoltar-se'l, contenint la ràbia contra totdéu. Contra aquell vell prostàtic que com qui diu se li ha pixat als morros, contra el Càndid que, a part de posar-lo en ridícul, de nou li ha fet perdre un temps preciós; ràbia, en fi, contra ell mateix per no haver pensat abans en la bossa de plàstic amb restes d'orins, la qual s'esmenta a la relació d'objectes trobats a l'autocar que li han passat de bon principi.

—He de tornar a la cumona —demana el padrí, al veure que l'altre ja no li pregunta res més.

—Feu, feu —li dóna permís el policia. Com més aviat desaparegui del seu davant, millor.

Tan bon punt el padrí passa la porta, torna el Càndid amb el bon humor que el caracteritza, ara multiplicat per mil:

—¿Has vist com finalment l'hem caçat? Una hora o altra havia de caure! —la cara de prunes agres del Massanés li trenca les oracions—. ¿Que no ho has llegit, encara?

—Descansa una mica, redéu! Primer potser que estirem la cadena, ¿no? Perquè netegi la pixarrada, ¿ho entens? —aclareix amb un somriure sorneguer—. Ja ho veus, Càndid, el darrere del cotxe de línia sembla un wàter públic. Uns hi van a fumar, altres a llufar-se, altres a fotre un polvet… Només ens faltava la pixarrada del vell!

—Com la policia, Massanés, com la policia —raona el filòsof—. Ja ho va dir el gran Beccaria: la comissaria és la tassa del wàter de la societat; la presó, el pouet de la merda.

—I nosaltres, les dones de la neteja —arrodoneix l'inspector.

—Justa la fusta! —s'exalta el Càndid—. Però tu no t'has de desanimar mai. Pensa que els wàters nous —obre els braços com si volgués abraçar la comissaria sencera—, els wàters acabats d'estrenar com el nostre, sembla que facin més pudor. Però només ho sembla. La merda a tot arreu és la mateixa.

El Càndid recupera de la taula el paper amb què ha entrat abans i el gira de cara perquè l'inspector el llegeixi.

—¿Què vols que en faci, que m'hi eixugui el cul? —continua amb l'al·legoria de can Felip.

—Primer llegeix-lo, encabat fot-ne el que vulguis.

La part superior del foli conté la fotocòpia d'un rectangle més reduït. Les quadrícules i els foradets estripats de la molla demostren que es tracta d'un fullet en octau, arrencat d'un bloc de notes. El missatge, escrit amb lletra clara i arrodonida, amb prou feines si té un parell de línies:

Senyor jutge: confesso que jo he matat el Morán. Signat: Àgueda Castro. DNI: 41072505.

L'inspector llegeix el text dues vegades abans de reaccionar:

—La mare que l'ha matriculat, la tia! Ho hauria pogut dir abans.

CAPÍTOL 12

Sota la llum dels fluorescents, la troba lletja, molt més que quan l'ha observat fa hores a la mitja claror del seient de l'autocar. Amb el tipet que té, si es canviés les ulleres, convertís en un parell de celles el bigoti de damunt del nas i s'empolainés una mica, podria passar perfectament per una noia normaleta. Aquesta deixadesa, en una dona de la seua edat, ja més decantada als trenta que als vint, té un aire evident de provocació. «¿Què mires, mascle cregut?», li retreu aquella mirada guenya. «De natural, totes les dones ho som, de peludes!»

—Se'm fa molt difícil de creure que no l'ha ajudat ningú —continua l'inspector—. Ja m'explicarà com s'ho ha fet, vostè sola.

—Ho explicaré quan em portin davant del jutge, i amb tots els detalls —reivindica amb to exigent la inculpada. Ho diu tan tranquil·la, com si allò que ha d'explicar al jutge fos una anècdota—. La meua confessió escrita va adreçada al jutge, no a la policia.

El jutge qui sap on para a aquestes hores, anava a replicar el Massanés, però es mossega la llengua a temps:

—El jutge ens ha autoritzat a nosaltres per interrogar-la. ¿Es vol posar en contacte amb un advocat, potser? Hi té dret, si vol. La meua obligació és advertir-li que a partir d'aquest moment tot lo que digui queda enregistrat i podrà ser utilitzat contra vostè.

—No en necessito cap, d'advocat. Em sé defensar sola.

—Endavant, doncs! Completi la confessió. Demostri'm que l'ha mort.

—¿Demostrar, diu? Jo no he de demostrar re. L'he mort i ja està. ¿Que no en té prou? Tota la nit buscant un assassí entre els viatgers; doncs, aquí el tenen. Ara ja poden deixar entrar els periodistes.

—No correm tant, no correm tant! —cantusseja el policia. Fa una pausa i reprèn l'interrogatori amb el seu to de veu habitual—: Així, manté l'afirmació que vostè ha mort el senyor Morán.

L'acusada assenyala amb els ulls la fotocòpia de la seua confessió:

—Lo que està escrit, escrit està. No tinc res més a afegir-hi.

Tirant al dret no en traurà l'aigua clara. Li haurà de buscar les pessigolles per un altre costat:

—¿Què fa, senyoreta Castro? ¿En què treballa?

—Sóc escriptora.

—Periodista —suposa l'inspector.

—No, escriptora de novel·les. No m'agrada dir mentides.

—Novel·les —pondera el policia—. ¿N'ha escrit gaires?

—¿Gaires, diu? ¿Què es pensa, que una novel·la es fa tan fàcilment? Amb prou feines he escrit uns quants capítols de la primera.

Així què coi s'empatolla que és escriptora, si encara no ha publicat re. Mira d'aprofitar el gènere novel·lesc per fer forat:

—Una novel·la policíaca, ¿m'equivoco?

—De mig a mig. El gènere de lladres i serenos és precisament el que menys m'interessa —s'esmuny la sospitosa—. Sempre és lo mateix: un crim al començament, després les investigacions del detectiu o de la policia, i finalment, l'esclariment dels fets. Quatre tòpics i molta fantasia! Els policies de carn i ossos no són pas tan llestos ni tan tossuts com els pinten a les novel·les... I amb els goril·les verds que teníem fins ara a les casernes dels pobles, encara menys. Garrotada perquè confessis i quan ja has confessat, garrotada perquè ets culpable. De debò li dic que el canvi ha valgut la pena. Vostè és intel·ligent, ho sap millor que jo, no cal pas que l'hi expliqui. La novel·la policíaca està més caducada que els iogurts que prenia el Nen Jesús! Jo he creat un gènere nou, la *novel·la mulata*, que és filla del relat d'aventures i de la novel·la negra. Els protagonistes són emigrants de pell fosca que entren clandestinament a Europa per buscar feina. Els antagonistes...

—¿També hi ha assassinats, a la seua novel·la? —dóna un cop de brida l'inspector. No permetrà que el cavallot se li desboqui per camins que no porten enlloc—. Expliqui'm per què ha vingut a Lleida.

—No m'esperava la pregunta, la trobo massa de novel·la policíaca convencional. ¿No hem quedat que aquest interrogatori era de debò?

—M'estàs tocant els daixonses, nena! —brama, amb la mosca al capdamunt del nas—. T'he preguntat què hi has vingut a fer a Lleida!

La dona ha encaixat el crit sense immutar-se. Al contrari, sembla com si ara estigués més tranquil·la que una estona abans, quan ha entrat a la sala:

—Motius professionals, ja l'hi he dit. A la meua novel·la hi ha un negre que, després d'una colla d'aventures a la gran ciutat, troba feina en una granja de porcs del pla de Lleida. És de religió musulmana, li fan fàstic els porcs, però quin remei li queda si vol menjar! Morirà ofegat a la bassa dels purins, ja ho tinc decidit. A banda del tema dels porcs, m'agrada Lleida, ¿què vol que li digui? Sóc molt especial, ja ho sé... Per a mi, és la ciutat culta, rica i lliure, que somiava el poeta de Sinera. Comencem per l'últim. L'any passat van declarar Lleida ciutat lliure de pesta porcina clàssica. Girona, sense anar més lluny (ara per l'Eix Transversal, ja sap que queda a prop), no es pot vantar del mateix. Aquesta és la llibertat que a mi m'interessa! Aquí tinc la seguretat de treballar amb garanties sanitàries, em puc inspirar per les granges sense por d'agafar la pesta dels porcs. ¿Vol que li ensenyi un certificat de la conselleria d'Agricultura, Ramaderia, Caça i Pesca de la Generalitat de Catalunya? ¿On va, ara? No es mogui sisplau, que la seua obligació com a policia és escoltar les respostes dels sospitosos. Faci el que vulgui, ho tinc al pap i ho aboco, encara que em carregui les normes més elementals del seu interrogatori novel·lesc!...

El policia ja no està per ella. A les darreres frases de la desbarrada, ha sonat el telèfon d'urgència, el que cal atendre a l'acte i deixar-ho estar tot, passi el que passi, encara que el sospitós estigui a punt de cantar. «De la Presidència de la Generalitat!», ha avisat el Campos per la línia interior. Llavors l'inspector ha fet senyal al Càndid que el vingués a rellevar a l'interrogatori, mentre ell s'esmuyia cap al despatx adjunt amb l'aparell enganxat a l'orella. Una vegada sol, s'estima més quedar-se dempeus. Al llarg de mig minut, s'aguanta la respiració a l'espera de sentir la veu més honorable del país.

—Sergi, sóc la Marta —diu per fi una veu decidida, sens dubte acostumada a manar.

Tot i que la veu femenina l'agafa desprevingut, el policia sap reaccionar a temps, gràcies al màster de protocol cursat a Mollet:

—Li beso la mà, excel·lentíssima i magnífica senyora. Estic a la disposició de sa Excel·lència pel que convingui.

—Besa'm una altra cosa, carallot! ¿Te'n recordes de les envestides que em foties sota els mançaners? Sóc la Marta Puig, home! La tia que et va treure del fang de l'horta i et va fer obrir els ulls a la bicoca de la funció pública.

—Tu, Marta, aquí... —s'embarbussa.

Doncs, sí, la Marta allà, a la Secretaria de Presidència, fent d'enllaç entre el president de la Generalitat i el Servei d'Espionatge Contra els Enemics de Catalunya, altrament conegut com SECEC. No cal dir que l'alta funcionària està al corrent de tot, els agents dels serveis territorials de la delegació de Lleida l'han informat del magnicidi, tan bon punt l'autocar ha entrat a la comissaria de les Borges. Poc es podia imaginar ella, fins ara que li ha revelat el Roure, que l'inspector Sergi Massanés és el responsable de les instruccions policials. Ha corregut a trucar-li perquè li vol confirmar personalment que els dos estudiants acusats no tenen res a veure amb el crim. Ho sap de la millor font. A part, coneix molt bé els xicots de MEDEA per poder-li garantir que no han sigut ells. Una colla de capcalents, només, escalfabraguetes de l'independentisme, que mai tindran prou collons per empunyar l'arma i passar a l'acció directa. A Catalunya no n'hi ha, ni n'hi ha hagut mai, de terrorisme, ho saben de sobres a l'Audiència Nacional. Lo que passa és que a Madrid, d'ençà que l'ETA ha plegat, troben a faltar el terrorisme. A part de justificar els sous del fotimer de funcionaris que es dediquen a combatre el fantasma, els polítics enyoren els temps gloriosos d'ETA, quan independentisme i banda terrorista eren una mateixa cosa. ¿Creus que els nacionalistes autèntics haurien arribat mai al poder sense el suport dels atemptats? Doncs, molt bé, si tant voleu terroristes, aquí en teniu un parell! Fet i fet, encara ens ha anat bé que se'ls emportessin, així ens deixaran tranquils per investigar. Tan bon punt arribin a l'Audiència Nacional, quatre carícies de les que ells en són especialistes, i veuràs com aquest parell de desgraciats canten com les merles. Llavors sortim nosaltres, convoquem la premsa a Lleida i els fotem als morros el vertader assassí. ¿Què me'n dius de la jugada? Quan l'hagis pescat, avisa'm de seguida, que segons com, farem una mica de temps esperant que primer fotin la pota a Madrid.

—El Roure m'ha parlat d'un mafiós de les subvencions, un tal Santiago Fust —acaba el monòleg la Marta—. ¿Ja ha confessat, o què?

—Aquest ja l'he descartat fa estona. En el moment que has trucat interrogava una viatgera que s'ha autoinculpat del crim. Una tal Àgueda Castro, de Barcelona.

—¿Una dona, dius? —el to de la pregunta delata incredulitat—. Ho trobo molt estrany. Sempre he pensat que la mort per estrangulació és cosa d'homes. ¿Saps a què es dedica, la paia aquesta?

—Diu que és escriptora.

—¿Escriptora en llengua catalana?

—Afirmatiu.

—Encara em costa més de creure-ho. Els nostres escriptors són incapaços de matar una mosca.

—Aquesta deu ser l'excepció, ha adreçat una nota al jutge en què es confessa ser l'autora del crim.

—Àgueda Castro... Diria que el nom em sona dels anomenats per la crítica com *escriptors de Llevant*, aquests modernets que gallegen de no llegir altra literatura que l'anglosaxona. Segons ells, la resta d'escriptors del món no compta per re... Espera un segon que ho comprovo al *Qui és qui de les lletres catalanes*. —Per uns moments un tecleig d'ordinador substitueix la veu de la Marta, pausa que l'inspector aprofita per espiar la marxa de l'interrogatori. Qui sap, potser a hores d'ara el seu ajudant ja ha pogut arrencar de l'autoacusada una declaració definitiva. Lo que veu, però, no li dóna precisament gaires esperances. En comptes de ser l'acusada, és el Càndid qui xerra pels descosits—. Ja la tinc. Àgueda Castro, Barcelona, Barcelonès, 1967. Llibres publicats, *Game on* (1990), *Les boires tornasolades del Bronx* (1993), tots dos de poesia.

—No és aquesta! —sospira el Massanés—. Ha dit que no en té cap, de llibre publicat.

—I tu t'ho has cregut.

—¿Per quin motiu se n'hauria d'amagar? Al contrari, ¿no?

—Ara se'n deu avergonyir, la tia. Pecats de joventut, propis d'alguns escriptors d'aquesta generació. En els seus escrits abusaven de l'anglès per demostrar que dominaven aquesta llengua. Com si en català no tinguéssim prou paraules!

L'inspector no es resigna a perdre tan fàcilment la sospi-tosa:

—Encara que fos com tu dius, aquesta és novel·lista —argumenta—. Vaja, almenys ha dit que escriu una novel·la, no poesia.

—Poetessa frustrada que vol provar sort en la novel·la —sentencia l'experta en tot—. Tot quadra, bonic. Engega-la a fer punyetes, que aquesta només busca publicitat!

El policia s'obstina en la defensa de la seua acusada. La carta al jutge és una cosa molt greu. A part, si no és ella, ¿qui més li queda per acusar?

—¿Vols dir, Marta? Ha confessat...

—Ha confessat perquè vol vendre la novel·la! No siguis cabarrut, home!

—Però si encara no l'ha publicat!

—Doncs perquè l'hi publiquin, tant te fot! L'important és que el seu nom surti als diaris. Avui dia els escriptors han de fer moltes bestieses per ser coneguts!

—Ara que ho dius... —recorda tot d'una—. Només començar l'interrogatori, ha demanat pels periodistes.

—No hi donis més voltes! La tia ha volgut treure profit del merder. Ha pensat que fent-se passar per l'assassí tindria l'oportunitat de parlar del seu cony de llibre davant dels periodistes de tot el país. És més puta que bonica! Sap que després del debut davant de les càmeres, feina rai per treure's de damunt els editors. No hi perdis més el temps. ¿Veus?, encara sort de Déu que t'he trucat a temps. Si l'arribes a presentar als periodistes, fotem un pa com unes hòsties... Bé, suposo que deus tenir algun altre sospitós més presentable.

—Sí, és clar, naturalment. Un individu indocumentat, jove, de color...

—¿De quin color? ¿Verd, morat, o potser taronja? Parla clar, redéu! Que ja sembles un polític! ¿Negre negre, o bé tirant a negre?

—Negre negre.

—I sense papers has dit... ¿Per què no has començat per ell?

—Ja ho he intentat. Volia interrogar-lo primer que tots, però no li hem pogut fer entendre re, ni en francès ni en anglès. Es veu que només coneix la llengua africana de la tribu. Mossi, em sembla que es diu, o una cosa així. Busquem un intèrpret...

—Ja pots buscar la nit pels armaris, cap de ruc! —talla l'alta funcionària de la Presidència i li avia una bronca de cal Déu. ¿Que no ho veus, que el negre ho fot expressament? Si ha arribat fins a la capital de les Garrigues, segur que xampurreja el francès o l'anglès. No arriben tan lluny els africans que només saben la llengua salvatge de la seua tribu, tots aquestos es queden pel camí. A part que el llenguatge de la policia és universal. Mare de Déu Senyor, quina mena de policies tenim, que no se saben fer entendre als malfactors! Ras i curt: que el faci cantar de la manera que sigui, i en pic estigui tot lligat que li truqui a l'acte per comunicar la bona nova al president. Potser ja l'havia d'haver despertat, però ahir tenia tres sopars i un ressopó, i se n'ha anat al llit a les talúries. Almenys ell ha pogut dormir una estona! Finalment, la Marta s'acomiada tot recordant-li que de la seua actuació depèn el futur de la nostra policia i del nostre govern, és a dir, el de Catalunya.

—Un moment Marta! —reclama el Massanés—. Deixa'm que et pregunti una cosa. —Tot i la urgència de la missió que l'espera, rebentaria si no ho preguntés.

—Et conec, herbeta que et dius marduix! —s'anticipa la funcionària—. Vols que quedem un dia, ¿ho he endevinat? Doncs, mira, un polvet amb tu també em ve de gust. Ara, tot depèn del teu comportament. Si resols el cas, vinc a Lleida per la roda de premsa i recordem els temps miserables quan tu i jo...

—No és això, Marta, no és això —talla l'ex—. Només et volia preguntar per què parles tan diferent d'abans.

—¿Veritat que no se'm nota gens l'accent de Pardinyes? Dis-me que el meu català és més genuí que el de la Mari Pau!

—I tant! No hi ha color. Però jo em referia a les paraules, més que no pas a l'accent.

—Totes són al nou diccionari aprovat per l'Institut. ¿Que no te n'enteres o què? Ja era hora que els catalans poguéssim fer de paraula allò que durant anys només hem pogut fer de pensament i d'obra. Verbigràcia: catxar, fotre claus, encular, xarrupar, prendre pel cul o per la figa, lo que ens vingui de gust. Tot dins la legalitat gramatical més estricta.

—Adéu, Marta. Ja et trucaré —enllesteix el policia. En aquest moment té maldecaps més negres que la misèria de les paraules.

Amb dues gambades es planta a la sala, en el moment en què el seu ajudant i l'escriptora mantenen una disputa aferrissada sobre la *Summa Teològica* de Tomàs d'Aquino. Mentre que per al Càndid es tracta d'un manual de filosofia, una obra cabdal del pensament, l'escriptora s'obstina a qualificar-la de novel·la fantàstica. Abrandats en la discussió, no fan cas dels crits de l'inspector, el qual agafa la dona pel braç i l'arrossega cap a fora. «Si no fantàstica, almenys de saga familiar», afluixa la novel·lista frustrada, apuntalada al marc de la porta. «La típica novel·la de saga formada per tres generacions: Déu, els àngels i els benaventurats...»

De nou sol amb el Càndid, no perd el temps cantantli la canya per la manera com ha complert les ordres rebudes d'un superior. Ni tan sols se li ocorre de preguntar-li si mentre ell atenia la trucada, la dona ha aclarit res més.

—Corre, vés a veure el negre! Escorcolleu-lo de cap a peus i encabat porteu-me'l. I no et descuidis de mirar-li el forat del cul!

Seguidament truca el Campos per comunicar-li que no pot esperar més l'intèrpret, que vol interrogar el negre ara mateix. Després de penjar el telèfon, fa una repassada a l'informe sobre l'equipatge dels viatgers. El negre duia una bossa esportiva plena de roba usada i d'efectes personals, d'entrada poc sospitosos. Dóna un cop d'ull al rellotge: cinc minuts per dos quarts de vuit. Li passa pel cap de trucar de nou la Berta, però a l'acte es repensa: més val que no la desperti, total per dir-li que encara no té idea de quan hi podrà anar... A l'altra banda de la finestra, comença a trencar el dia. La foscor s'ha esbravat en una llum pàl·lida, de llet aigualida que els vidres hermètics impedeixen que inundi l'interior. Com una peixera, però amb l'aigua per fora: la comissaria és una bombolla de vidre al fons d'un oceà de boira. Finalment, opta per arribar-se a baix, a la màquina de cafè de l'entrada. Segons com vagin les coses, el proper interrogatori es pot allargar molt, potser tot el matí.

Encara té a la mà el pom de la porta, quan de sobte retruny un tret d'arma de foc, seguit d'un enrenou de crits d'alto, de cops de porta i de corredisses. Instintivament es precipita escales avall fins a l'entrada, d'on sens dubte procedeix el batibull.

—¿Què ha passat? —crida esverat a l'agent, l'únic que en aquest moment queda de guàrdia a la porta.

—S'ha escapat —fa el guàrdia amb la mirada cap al pàrquing.

—¿Qui s'ha escapat? —urgeix el policia, que ja es veu a venir lo pitjor.

—El negre.

—Però ¿com és possible? I vosaltres ¿per què hi sou, aquí? Colla d'inútils! Va emmanillat, suposo.

Suposa malament, li sap greu de comunicar-li el guàrdia. El mateix fugitiu s'ha obert la porta i bracejava com si participés en una cursa d'atletisme. Un guàrdia civil que era aquí a l'entrada, ha tret l'arma i li ha disparat, però en comptes de ferir-lo a la cama on ell diu que apuntava, s'ha carregat el fluorescent del sostre. Ja veu la trencadissa que hi ha per terra. És un bon tirador, el banderí, no es pensi, però es veu que la bala ha rebotat al terrasso.

—¿I tu què feies entretant? ¿Mirar la pel·lícula? ¿Per què no disparaves tu?

—¿Jo? —s'estranya el mosso, com si la pregunta no tingués cap ni peus. I assenyala una rastellera de monitors de televisió—. La meua feina és vigilar.

«Inútils, més que inútils!», remuga cremat l'inspector. I corre disparat cap al pàrquing exigint a crits un cotxe, el més ràpid que tinguin disponible en aquella merda de comissaria. Unes passes més endavant topa amb el seu ajudant que torna de perseguir el fugitiu.

—Se'ns ha escapat quan li posàvem les manilles —esbufega el Càndid cobrint-se un ull amb el palmell de la mà—. És ell! És ell l'assassí! Duia el rellotge del Morán. Matar-lo per prendre-li el rellotge, qui s'ho podia imaginar! Això no té cap explicació filosòfica.

L'inspector se'l treu del davant amb una empenta:

—Fot-te-la al cul, la filosofia!

—Em sembla perfecte.

Al damunt, se'n fot!, se sulfura el policia corrent cap al Golf que maniobra amb la sirena encesa. Tota la nit que no ha sabut fer altra cosa.

—¿Cap a on ha tirat? ¿Ho heu vist? —crida al conductor del cotxe patrulla.

—Ràpid, puja! Ha segrestat un cotxe!

CAPÍTOL 13

Ho sabia, ho sabia des del principi, que la Generalitat hi està emmerdada —remuga el capità Ledesma jugant amb el botonet negre dels auriculars. Es gira cap al sergent Campos just quan aquest acaba de penjar el telèfon—. T'ha dit que vol interrogar el negre, ¿no és cert?

—El Massanés està convençut que ho ha fet el negre —confirma el seu exsubordinat i ara company d'escoltes.

—Ho sabia, ho sabia des del principi, que carregarien el mort a aquest desgraciat. Deixa, no cal que te'ls tornis a posar, que ja hem escoltat prou. Ja hem vist com juga a la botifarra. De sobres! Cabronassos del SECEC! Juro per Déu i per Espanya que no se sortiran amb la seua!

—Vol dir, capità... Vol dir que el servei secret català... —s'embarbussa el cap de la comissaria. La idea d'un complot polític sembla que l'hagi agafat a repèl, que li desmunti totes les suposicions embastades al llarg de la nit—. Si realment és cosa del SECEC, aquesta agent de presidència que li acaba de trucar, ho hauria de saber. En canvi, ¿com és que li truca precisament per informar-se de com van les investigacions?

El capità Ledesma ho té molt clar:

—Són molt astuts, al SECEC. Saben que a aquestes alçades de la nit tots els serveis d'informació del país estan alerta, amb l'orella als telèfons de la competència... Ningú es refia de ningú. Com nosaltres, Campos, com nosaltres. ¿Que et penses que som els únics que hem escoltat la conversa de l'agent amb l'inspector? Segur que a aquestes hores al CESID també estan al cas de la telefonada. M'hi jugo un ou! I la Policia Nacional també... L'agent ha trucat per despistar, per fer veure que al SECEC no saben qui és l'autor del crim... Recorda la conversa que han tingut aquest parell. ¿Creus que en un assumpte tan pelut com aquest, si de debò encara no haguessin trobat l'assassí, s'haurien enrotllat parlant de marranades, o de foteses del calendari?

—Del diccionari —corregeix el Campos—. L'agent es referia a la nova edició de diccionari de l'Institut d'Estudis Catalans. Encara no ha sortit publicat, però pel que hem sentit, els serveis secrets ja coneixen les noves paraules que hi han afegit...

—Noves paraules, noves paraules... —pondera el capità—. Potser parlaven en clau, els cabronassos... És igual! Amb clau o sense clau, el missatge de la trucada és clar. L'agent s'entera que tot ha anat segons lo que ells havien previst i li recorda que no badi més, que apalanqui el negre d'una vegada.

—No ho sé, no ho sé... —titubeja el sergent—. Amb clau o sense clau, aquí no hi ha cap pany que tanqui. Tinc tants dubtes que no sé per quin començar. Com ara: si fos així, ¿MEDEA què hi pinta?

—Aquestos són una canilla de cadells rabiosos, controlats pel SECEC. Els fan servir pel que els convé. Els han posat dins del cotxe de línia perquè sembli un atemptat terrorista, així, la Policia Nacional els deixaran tranquils i els mossos podran acabar la feina.

—¿Quina feina?

—Carregar l'atemptat al negre. Veuràs com ara que han anat a escorcollar-lo, li troben a la butxaca l'arma del crim. M'hi jugo un ou. És un truc molt fàcil, no cal pas que t'ho expliqui, que tu també has sigut guàrdia civil.

—És a dir, que el negre no l'ha mort —raona lent el cap de la comissaria de les Borges—. Llavors ¿qui ha sigut?

—Ell, pallús!

—¿Qui vol dir ell?

—L'inspector Massanés, tros de ruc! —explota el capità Ledesma—. Me cago en totes les banderes menys una! Sembla mentida que fossis guàrdia civil!

Una mica més calmat, el capità mostra al Campos cadascuna de les peces de la conspiració política, que ell ja va entrellucar a l'acte, i que encabat, tot lo que ha vist i escoltat al llarg de la nit no ha fet altra cosa que confirmar-l'hi. El SECEC planeja liquidar el diputat de Lleida. ¿Motius? El seu patriotisme espanyol, el seu nacionalisme autèntic sense condicions. Morán critica a peu i a cavall el desplegament dels mossos per la regió catalana. Ell i el Cuadrat de Barcelona són els dos únics polítics del partit conservador amb prou pebrots per denunciar la humiliant retirada de la Policia Nacional i la Guàrdia Civil d'aquestes entranyables províncies d'Espanya. El servei secret separatista no els ho ha perdonat mai i planegen escarmentar-los. Amb el Cuadrat, de moment no s'hi atreveixen. És un peix massa gros, a més, sol anar acompanyat de guardaespatlles... Es decideixen, doncs, pel peixet de Lleida. Es moren de ganes d'actuar, i Lleida és una província ideal per estrenar-se, per començar a fer punteria. Amb un cop ben donat, tindran l'oportunitat de demostrar al president que serveixen per alguna cosa. El SECEC prepara el terreny enviant al diputat amenaces signades pels MEDEA. Encabat, encarrega la feina bruta a un inspector de policia, un qualsevol d'aquestos joves llestets, ambiciosos i sense escrúpols que entren cada any als mossos d'esquadra. ¿Per què un policia, i no un dels seus propis agents? Segurament no es volen arriscar. D'aquesta manera, si es descobreix el merder, els mossos pararan el cop... Cal suposar que el Massanés aquest va darrere el polític durant un temps, el segueix en els seus viatges a Barcelona, esperant una ocasió propícia per actuar. L'ocasió es presenta ahir quan entre els viatgers que van a Lleida descobreix un africà clandestí. ¿Que com ho sap, que és un emigrant clandestí? Probablement ell mateix, en pic el veu a l'estació agafant bitllet, s'identifica com a policia i li demana la documentació. I si no ho fa, tant se val, el cas és que pensa que serà fàcil encolomar el crim al negre. El capità dels civils està segur que li trobaran la corda, s'hi juga un ou. El colló esquerre, per ser exactes.

La pel·lícula dels fets, continua el capità Ledesma, ha anat així. L'inspector s'asseu en principi en un dels primers seients de l'autocar. A mig viatge, quan sap que el Morán dorm, va cap al darrere i l'escanya. Després torna cap al davant per comunicar al xofer que acaba de trobar el cadàver, i de passada, endossa el pot de l'esprai als estudiants de MEDEA, que s'han col·locat a propòsit bastant enrere. Que l'inspector l'ha mort, el civil no en té cap dubte. A més, un dels viatgers l'ha enxampat *in fraganti*. Només cal recordar lo que la nena li ha dit quan l'ha interrogat: «He vist com tu el mataves.» Segons que ell calcula, el crim s'ha produït quan l'autocar travessava la província de Tarragona, tot i que tampoc descarta els darrers quilòmetres de la de Barcelona. El SECEC havia planificat que el crim no fos descobert fins a l'arribada, a l'estació de Lleida, d'aquesta manera, les investigacions policials es realitzarien a la nova comissaria dels mossos, la mateixa on l'inspector treballa. Un cop a casa seua, inculpar aquest desgraciat de color era un joc de poques taules. Però no ha pogut fer arribar el mort a Lleida. El mateix assassí, quan deu haver vist que algun viatger s'atansava perillosament cap al darrere, s'ha avançat i ho ha comunicat al xofer. I com a mal menor, ha desviat l'autocar cap a les Borges. ¿Per què creu que ho volen solucionar tot en una sola nit, i a l'esquena del jutge? Sort que els seus homes s'han malfiat de l'autocar i l'han pogut avisar a temps, altrament...

De cop calla, es recorda que ja fa estona, potser massa, que s'ha tret el botonet de l'orella i se l'hi col·loca de nou.

—Tornem-hi. Ja deu interrogar-lo.

El capità imita el seu exsubordinat al peu de la lletra: l'auricular dins l'orella dreta, i el capciró del dit índex dins de l'esquerra, per concentrar-se millor en l'escolta. Passen els segons i no sent cap veu humana, només la fressa dels micros. Tot d'un plegat, li ressona dins del cap un tro eixordador que el fa botar de la cadira amb els ulls esfereïts.

—Un cop de porta —explica el sergent, arrencant-se un moment l'auricular—. Un dels micros és al forat del pany i segons com es tanca la porta, fa un terrabastall de cal Déu.

El capità, a pesar de no quedar-se del tot satisfet amb l'explicació, es disposa de nou a parar l'orella. Tot continua en silenci com abans, no sembla pas que, després del suposat cop de porta, a la sala de dalt hi hagi entrat ningú. El Campos vol aprofitar el parèntesi per esbandir els darrers dubtes de la conxorxa:

—Així, tots aquests interrogatoris als viatgers no servien de re.

—Li han servit de tapadora —fila més prim el capità—. Tot comèdia, calia aparentar que la investigació anava de debò, que el negre és l'únic culpable.

—¿I si el Massanés no hagués pogut interrogar els viatgers? Al capdavall, sóc jo qui l'ha autoritzat. Hagués pogut ensopegar amb un altre cap de comissaria, amb un jutge com Déu mana, que no passés de tot... En aquest cas, ¿com se suposa que hagués actuat el SECEC?

El capità Ledesma no es digna a respondre què hagués ocorregut en aquesta situació hipotètica. En realitat, ni tan sols ha entès la pregunta, fa un moment li balla pel cap una sospita:

—Era un tret —exclama per fi, com si acabés de tenir una revelació divina—. Vols-te jugar que ja s'han carregat el negre! —S'aixeca d'un bot i corre com un llamp cap a fora, fins a l'entrada on l'atura la trencadissa de vidres.

L'agent de la porta el posa al corrent a l'acte de l'escapada del sospitós i del tret fallit a la cama del fugitiu. Un mosso de paisà amb un ull de vellut, que acaba d'entrar de fora, completa el relat de la fuga amb les darreres novetats: el descobriment del rellotge del Morán, prova definitiva de la culpabilitat del fugitiu, i la sortida de l'inspector per capturar-lo. La cara del capità dibuixa un somriure rabiosament triomfal:

—¿Tenia raó o què? —fa dirigint-se al cap de la comissaria que s'ha afegit al grup—. Ara el matarà i cas solucionat. Soto! Vázquez! —es posa a bramar de cop—. On collons s'han ficat ara aquestos!

—Han anat a esmorzar al bar —informa el control de l'entrada—. Han dit que era l'hora de l'entrepà, que si els necessitava són al bar d'aquí baix.

—Me cago en totes les banderes menys una! —renega el civil—. El puro que els caurà no se'l trauen del damunt en tota la puta vida! Necessito un número que m'acompanyi! —es gira cap al sergent—. Un conductor, redéu!

El Campos es dirigeix a un dels seus subordinats, el que fins ara estava de guàrdia a la garita de l'entrada:

—Acompanya'l, Oriol.

—¿Jo? —es pregunta l'agent.

—Sí, tu mateix! —exagera l'ordre el cap de la comissaria, com per demostrar davant d'un foraster que a casa seua és ell qui porta els pantalons—. Acompanya el capità Ledesma.

Deu segons després, el capità de la Guàrdia Civil Lizardo Ledesma, franquista fins a la mort i llicenciat en tècniques policials expeditives per la caserna d'Intxaurrondo, es troba assegut dins d'un cotxe patrulla, al costat d'un desgraciat pacifista que no deu haver disparat mai una arma ni d'aire comprimit. Mentre l'agent dels mossos maniobra, traient el cap per la finestreta, que el vidre del davant és un pa de gel opac, el civil es posa a manipular el dial de l'emissora. En pic li sembla haver sintonitzat la freqüència dels mossos, xampurreja davant del micro les primeres paraules en català de la seua vida:

—Sergent Campos a inspector Massanés. Sergent Campos a inspector Massanés. *¿Me recips?*... Contesta si *me recips*...

—Et rebem amb dificultat —respon la veu electrònica enmig d'un xàfec d'interferències—. ¿Què vols, Campos?

—*Regressa* immediatament al *quartel*. El negre està aquí. El tenim *rodetxat*.

—¿Qui ets? —es volen assegurar els perseguidors de l'africà.

—*El Campos, coño, el teu jefe!*

—Repeteix, on has dit que hem d'anar.

—*Regresseu al quartel.*

—Se't veu el llautó, banderí dels collons. Et convé un curset de llengua. Nivell A, per a castellanoparlants.

—¿Què cony diu? —s'inquieta el capità, naturalment en la seua llengua de sempre—. ¿Has entès quina carretera ha dit?

—No és cap carretera, comandant —somriu foteta el pacifista, amb cara de mort de gana. Segur que també és vegetarià—. L'inspector li ha conegut la veu, diu que vostè no és el Campos.

—Cabronàs! —s'emprenya el civil—. Parla-hi tu, dis-li que anem a ajudar-lo a capturar el negre, que et digui per quina carretera van.

El mosso redueix la velocitat i s'arramba a la dreta tant com l'hi permet l'asfalt fins que el cotxe s'atura. Llavors agafa el micro i es disposa a complir les primeres ordres militars rebudes en la seua vida:

—Inspector Massanés, sóc el caporal Puig de la comissaria de les Borges. ¿Em reps?

—Et rebem, Puig. Endavant!

—Faig de xofer del comandant Ledesma. Et venim a donar un cop de mà. Som a la Nacional 340, a la sortida de les Borges. ¿Anem bé?

—Afirmatiu.

—Direcció Lleida, ¿correcte?

—Afirmatiu.

L'agent penja el micro i comunica al militar lo que ja ha sentit: que van pel bon camí.

—El cabronàs aquest igual ens vol despistar... —rumia, astut, el civil. De cop, brama—. Mitja volta, art! Direcció Tarragona!

Giren al mig de la carretera amb les sirenes esgaldinyant a tota hòstia. Feta la maniobra, i encarats de nou en direcció a les Borges, li fa apagar la sirena per no cridar l'atenció dels perseguits. De seguida, però, l'han de tornar a engegar, per poder-se saltar en vermell els semàfors de la població. Un cop deixada enrere l'última avinguda, la boira esdevé tan espessa que gairebé es podria tallar amb un ganivet. Aviat, el parpelleig d'una llumeta aixeca els ànims del capità, només per uns segons, els que triga a descobrir que es tracta del llum d'alerta d'un tractor. La visibilitat és nul·la, fins i tot per avançar un tractor et jugues el físic. Sort que l'agent que mena el cotxe, a part de bon conductor, és del país i coneix la carretera a ulls clucs. Superat el tractor, ni temps de posar la directa que es troben amorrats a l'hidràulic d'un altre.

—Serà possible! —es despacienta el capità—. Sembla que ho fotin expressament!

—És l'hora que els pagesos van al tros —explica el conductor la mar de tranquil—. Es veu que enguany hi ha bona collita d'olives. Per cert, molt bo l'oli de les Garrigues. Al món no en trobarà un altre de més gustós.

«Català hauries de ser», renega per dins el civil. «Jo aquí perdent el cul darrere un terrorista i tu, intentant vendre'm una garrafa del teu oli pudent!» Un cotxe que s'atansa en direcció contrària els fa senyals amb els fars, en el moment de creuar-los. Darrere seu, un camió els envia els mateixos flaixos d'advertència...

—Un accident —suposa de bona fe el pacifista.

—Un cotxe de policia, beneit! —exclama la veu de l'experiència—. Ja n'aprendreu, ja...! —Per primera vegada, en la seua intensa i brillant carrera de multador professional, el civil s'alegra de la solidaritat dels conductors davant la Policia—. Accelera, que no deuen ser gaire lluny.

—Ja són ganes de tocar els daixonses! —s'escandalitza l'aprenent—. ¿Que no ho veuen per la sirena, que som de la Po- licia?

El capità tenia raó: poc més endavant albiren dues llumetes blaves fent pampallugues dins de la boira.

—Aquí els tens! —fa victoriós el civil—. Guarda la distància, que és perillós. —Empunya el micro i recita—: Inspector Massanés, queda detingut en nom de la llei. Aturi el vehicle vora la calçada.

Repeteix l'ordre tres o quatre vegades, totes sense resposta. Ni el cotxe perseguit redueix la velocitat, ni envia cap missatge per ràdio. El capità penja el micro i desenfunda la pistola:

—Apropa-t'hi tant com puguis, li dispararé a la roda! —decideix, empunyant l'arma.

Amb prou feines han aconseguit de col·locar-se a pocs metres del para-xocs dels fugitius, el capità abaixa el vidre i treu el braç per la finestreta amb la intenció d'obrir foc. No hi ha al país cap altre tirador que domini com ell la tècnica de disparar des d'un cotxe en marxa, apuntant còmodament des del seient a través del vidre, sense necessitat d'abocar-se a la finestreta. De cop i volta, quan l'índex ja començava a prémer el gallet, s'esglaia davant d'un seguit de fets tan imprevistos com increïbles. Tot ocorre en un obrir i tancar d'ulls i per aquest ordre: frenada brusca i viratge a l'esquerra del cotxe del davant, aparició d'un porc volador emergint de la boira, topada contra el vidre i pèrdua del coneixement.

Un esvalot de sirenes, de veus i de patacs a la carrosseria del cotxe retornen el capità Ledesma al món boirós dels vius. «He tingut un accident, un accident molt greu», es fa càrrec el ferit. Li costa respirar. No pot veure re, una massa de carn, calenta i llefiscosa, li pressiona la cara contra el respatller del seient. Una de les veus crida que no el toquin, que els bombers ja estan avisats i no poden trigar. Si han de venir els bombers, raona l'expolicia de trànsit, és que dec estar aixafat com un coca dins de la ferralla. Em dec haver trencat la columna, això com a mínim... Per comprovar-ho, es concentra en el peu dret i intenta moure'n els dits. Sortosament, nota que els dits obeeixen les seues ordres, i l'altra cama també es belluga... Algú li agafa la mà:

—Sé que no pot parlar —diu una veu coneguda—. General Ledesma, ¿em sent? —El sent perfectament i també sap que és el conductor, aquell mosso d'esquadra esprimatxat i ignorant, que en pocs quilòmetres l'ha ascendit al capdamunt de l'escalafó militar—. Si em sent, mogui la mà, coronel, faci un senyal —El capità tanca el puny, després estira l'índex i el belluga com si disparés la pistola—. Molt bé! Posi's tranquil, que de seguida el traurem d'aquí.

—Quanta sang! —exclama una altra veu—. Està tot xop de sang. ¿Vols dir que és viu?

—No t'amoïnis, que és sang de porc —explica el xofer—. Ha disparat en el moment del xoc. Entre la boira i un patrulla municipal que teníem al davant, no hem vist el camió de porcs bolcat a la cuneta. Els municipals tampoc. Han volgut esquivar un porc però ens l'han estampat contra nosaltres.

—¿Què coi dius? —s'estranya la veu—. ¿Que heu disparat contra un porc?

—Perseguíem un negre, un criminal que s'ha escapat de la comissaria de les Borges.

—¿I heu confós el negre amb un porc?

—Pensàvem que el negre anava dins del cotxe dels municipals —s'embarbussa el conductor.

—No és tan greu com sembla —crida la veu per damunt del brogit d'una serra—. El mamelló li ha salvat la vida, li ha fet d'airbag.

El ferit s'alegra de poder lligar per fi tots els caps de l'accident. Ara comprèn que la imatge d'un porcell emergint de la boira i volant de recules, forma part d'aquest món, no de l'altre, com ja s'havia arribat a imaginar. Sap també que no s'ha destrossat la llengua ni les dents, que aquella nosa peluda que té clavada a la boca fins a la gargamella, no és altra cosa que la cua del porc.

CAPÍTOL 14

Corre, Dudú, corre. Si et vols escapolir de l'home blanc, baixa del cotxe rabiós i corre amb les teues cames de gasela. Evita el gran riu d'asfalt on llisquen fuents els cotxes, evita també qualsevol camí, sigui de terra o d'asfalt, on endevinis les petjades bessones que deixen les peülles de goma. Passa pel bell mig dels camps de conreu, salta els marges i talussos, esmuny-te enmig d'arbres, plantes i sembrats, talment el vell antílop fuig de les fletxes del caçador. Tant se val que els camps que ara travesses siguin pelats de vegetació! Avui les branques del gran arbre de la boira t'ocultaran de l'espiadimonis de ferro que els perseguidors cavalcaran per caçar-te. No t'aturis, cames de gasela, que tu vas venir al món per fugir a carrera feta.

Corre, Dudú, corre. Fa tants dies que corres, tantes nits, que ja n'has perdut el compte. Amb el teu guia i protector vau travessar a peu la meitat del continent. A mesura que avançàveu cap al nord, observàveu com s'assecaven els rius, com s'esblanqueïa la pell dels homes, com desapareixien arbres, animals i plantes d'una terra cada dia més groga i silenciosa. Al cap de molts dies, us va parar els peus un llac remorós i immens, tan immens que no s'atalaiava l'altra riba. Mort de set com anaves, t'hi vas amorrar tal com ho feies a l'estany Dem, però el teu company et va deturar: «No en beguis, que encara tindràs més set.» Us vau asseure a tocar de l'aigua amb les ca-

mes estirades endavant perquè l'onada us esbandís el cruiximent dels peus. «Ara que coneixes el mar», et va dir el mestre, «respon, Dudú, quina és aquella fulla d'arbre immensa partida en tres parts iguals: la terra, el cel i l'aigua.» I tu, que fins llavors havies vist tan sols els rius i els estanys del teu país, de cop vas comprendre l'endevinalla i vas respondre: «El món. El món és una fulla partida en tres bocins: el cel, la terra i l'aigua.»

Aleshores el teu company et va alertar sobre els perills de l'aigua salada dels dimonis. Així com els rius i els llacs són cavalls mansos i domats que, en pic els poses la canoa damunt del llom, et porten on tu vols, el mar és una bèstia rabiosa que rugeix i dóna tombs per fer-te caure a l'aigua i cruspir-se't. Només les embarcacions de ferro de l'home blanc han aconseguit de dominar-lo. Abans, quan el món era jove, el mar es trobava aïllat a l'extrem de la fulla del món. El cel era a l'altre cantó, i la terra, tota junta, amb petites clapes d'aigua sense sal, al mig de la fulla. Però un dia l'home blanc, temorós que els no-blancs envaïssin el seu bocí de terra, va obrir una excavació perquè el mar s'hi fiqués. Les dents de les màquines van rosegar la fulla com un cuc monstruós. I d'ençà de llavors, viu aïllat pel fossat del mar a la punta de la fulla, disfrutant de les riqueses que ha anat arrabassant aquí i allà en els seus viatges per tot el món. Només amb una embarcació de ferro aconseguirem passar a l'altra riba, on viu l'home blanc, el país fred de les ombres llargues al migdia.

I així ho vau fer. Després d'unes hores de fred, de foscor i d'incertesa, vau atènyer una platja d'Espanya i us vau amagar al bosc esperant que apuntés el dia. Contents, perquè en el vostre camí cap a Europa no hi havia cap altra bassa d'aigua salada que us pogués barrar el pas. Només quedava terra, molta et deien, però la terra rai, per extensa que sigui, mai no n'és massa per a les cames d'un jove mossi. Vas recordar el dia que el teu company t'havia proposat el viatge. «¿Vols venir a Europa, Dudú?», et va preguntar a la sortida de la mina. «Allà dalt, els més miserables viuen com aquí els capatassos de la mina. Els meus fills m'han enviat els diners. El viatge és arriscat, però amb la meua saviesa, les teues cames i els seus diners, estic segur que tard o d'hora hi farem cap.»

Un sol fredolic va il·luminar un país clapat arreu de cases blanques. Passats els arbres, us vau trobar caminant per una carretera ampla, buida de vianants però farcida de cotxes i de camions, que us passaven a frec de pell pitant escandalosament. Al cap d'una estona el teu company i guia es va aturar. «Els camins d'Europa no estan fets per a les persones», et va dir. I assenyalant un pellingot de gos tirat a la cuneta, va afegir: «Si continuem a peu, o bé ens descobrirà la policia o bé acabarem com aquest.» I vau tornar al bosc on els vostres companys de travessia esperaven el camió.

«Corre, Dudú, vés-te'n!», t'apressava l'amic, mentre es dessagnava esclafat sota la càrrega del camió. Intentaves inútilment de rescatar-lo de sota les caixes, mentre ell repetia, cada cop més fluix, que no perdessis més temps i que fugissis tu sol. I et vas allunyar dels seus darrers panteixos, dels crits de socors dels companys ferits, del soroll dels cotxes, dels xiscles de les sirenes que acudien al lloc de l'accident. Et vas quedar sol, sense diners en un país estrany, sense roba d'abric en un país fred, sense ni tan sols el nom de la ciutat on us dirigíeu...

Corre que correràs, després de l'accident vas anar a petar a Barcelona, on has passat les tres últimes setmanes. Amb contenidors a cada cantonada, pel menjar no et calia patir. Dinaves al mercat de la Boqueria, sopaves pels carrers de banda i banda del Paral·lel i dormies en un amagatall de la falda de Montjuïc. Gràcies a l'esperit del teu amic difunt, que de seguida va tornar al teu costat per aconsellar-te, un dia vas conèixer una família bona d'Ouagadougou que et va acollir al seu pis. Tret del passaport, et van oferir de tot: aliment i conversa del vostre país, un matalàs on dormir, i també una feina, per bé que aquesta no era a Barcelona. Un parent que l'home té a Lleida, li va dir per telèfon que si hi anaves, segurament trobaria un treballet per a tu. Que allí hi havia feina per a tots els africans: a l'estiu collint fruita pels camps de l'horta i la resta de l'any a la ciutat, emblanquinant els pisos dels blancs.

Camí de l'estació d'autobusos, l'esperit del difunt féu sentir de nou la seua veu: «No pugis al cotxe, Dudú. Vés-hi a peu, que la ciutat de la boira no és tan llunyana com diuen. Amb dos dies, tres a tot estirar, les teues cames s'hi plantaran.» Però tu, amb els diners del bitllet que els teus amics t'havien donat, vas fer veure que no el senties i et vas embarcar dins del cotxe-boa.

De cop i volta, davant teu ha emergit de la boira una caseta solitària. La porta és tancada, les persianes corregudes, la xemeneia sense fum... Del forat del pany surt una flaire de menjar que et fa venir salivera a la boca. Des d'ahir a migdia a casa dels teus amics que no has tastat re. No saps què fer, si aturar-te i mirar d'entrar-hi o bé continuar corrent a la deriva. Dudú té dues cames, dos peus; amb tot i amb això, no pot seguir dos camins a la vegada. «Dadà, aconsella'm! ¿Que no em sents, Dadà?» És clar que et sent, els esperits no tenen orelles però ho senten tot. El teu amic no et vol respondre, està enfadat amb tu perquè malgrat les seues advertències, ahir vas pujar al cotxe-boa.

Atura't un moment, Dudú, fes un alto en la teua fugida! T'ho ordena un déu de pell blanca, més savi i poderós que l'esperit del teu mestre Dadà. Esbotza la porta, la finestra, lo que et sia més fàcil, esmuny-te cap a dins sense por, que els amos viuen lluny i avui els gossos no hi són. Entra i endrapa lo que et vingui més de gust. Obre llaunes, destapa pots, estripa bosses, rosta ossos de pernil... Hi ha més abundància i varietat d'aliments en aquest rebost per a gossos que a totes a les botigues juntes del teu poble de l'Àfrica.

I quan hagis tret el ventre de pena, reconcilia't amb el fantasma del teu amic difunt. Recorda-li que no has oblidat els seus consells. «Si de cas t'atrapa l'home blanc amb gorra i uniforme», et deia, «et farà tot de preguntes en la seua llengua. Tu no l'entendràs, recorda-te'n Dudú, faràs veure que no entens lo que et diu encara que parli en francès, la música que et van ensenyar els Pares Blancs de Kaya. Amb tot, no et quedis mut i enraona, fes sonar la flauta de la teua boca tal com ara ho fem tu i jo. L'home blanc s'enfadarà, no contra tu sinó contra la seua ignorància; de moment, però, no et farà cap mal. Aleshores fas senyals que vols un paper i quan te'l portin, hi escrius aquestes paraules: «parler mossi.» Sàpigues que als llibres de l'home blanc, hi ha el nom de totes les llengües de l'Àfrica, totes, comptant la dels bobos que parlen amb el nas i la dels senufos que somiquen com els cocodrils. Hi ha tan sols el nom de cada llengua, no les paraules. Les paraules de la selva no les pot atrapar l'home blanc, ni amb màquines ni amb papers, llisquen com gotes d'aigua damunt les fulles dels arbres i desapareixen dins la baürta del brancatge. L'home blanc, sabedor que mossi *és el nom de la llengua que parlen les tribus de l'Alt Volta, a l'estat de Burkina-Faso, et cridarà de nou en la llengua dels Pares Blancs. No responguis, cames de gasela. Si t'arrisques a córrer dins de la seua selva de paraules, no trigaràs a caure dins la trampa que t'ha preparat.»*

Conta al teu amic com t'ho has fet, per aconseguir el valuós braçalet dels morts. Ell ja ho ha vist, però s'alegrarà de sentir el relat amb les teues paraules, amb les vostres paraules mossi. «En pic atenyem l'altra riba», et deia el mestre, «observa que tots els homes blancs porten al canell esquerre el braçalet del temps. Quan moren, els parents els enterren sense alliberar-los de la polsera, tot ignorant que aquesta turmenta l'esperit del difunt. No fugis dels morts, Dudú, al contrari, quan n'ensumis algun atansa-t'hi i, si tens la sort d'alliberar-lo del seu braçalet del temps, gaudiràs de la protecció del difunt. Aconseguiràs tot lo que ell ha aconseguit en vida: una casa on viure, un lloc on treballar cada dia, uns papers que t'estalviaran de córrer davant la policia...» Conta-li que un cop dins del cotxe-boa no has aclucat l'ull en tot el viatge, i que, estranyat de veure lliscar viatgers cap al darrere que tornaven al cap d'una mica, has pensat, vés-hi a passejar els dits dels peus, Dudú, que allà hi ha passat alguna cosa digna de veure. Quan has reparat que l'home blanc no dormia, tal com t'havia semblat al primer cop d'ull, sinó que estava mort, ben mort amb el braç esquerre estirat com si et mostrés el braçalet que l'encadenava a la vida, no t'ho has pensat dues vegades i l'has deslliurat de la nosa dels vius. Així doncs, gràcies als seus consells, has aconseguit posseir el màgic braçalet del temps...

I quan li hagis contat l'aventura i sentis de nou al teu costat la presència reconfortant del teu amic, tornem-hi, Dudú, que tu has nascut per córrer... Corre, Dudú, corre. Si et vols escapolir de l'home blanc, baixa del cotxe rabiós i corre amb les teues cames de gasela. Evita el gran riu d'asfalt on llisquen fuents els cotxes, evita també qualsevol camí, sigui de terra o d'asfalt, on endevinis les petjades bessones que deixen les peülles de goma. Passa pel bell mig dels camps de conreu, salta els marges, esmuny-te enmig d'arbres i plantes, talment el vell antílop fuig de les fletxes del caçador...

Àgueda Castro, *«Els crims del cotxe de línia» (2)*

CAPÍTOL 15

Ara sí que la ballarem! —es desespera el sergent Campos, guaitant des de la porta de la comissaria l'indret on acaba de desaparèixer el cotxe patrulla del capità Ledesma amb les sirenes xisclant a tot drap.

Decididament, d'unes hores ençà sembla que hagi xafat merda. De primer li endossen un mort que no li tocava, encabat l'obliguen a jugar brut, per partida doble, i ara aquest parell de capcalents són capaços de tirotejar-se com qui diu davant dels seus nassos. Tan content que estava del seu destí a les Borges. Una bassa d'oli, un poble tranquil com l'aigua del Terrall. Al girar-se, topa amb l'Agelet, l'ajudant del Massanés, encantat també amb la mirada clavada al pàrquing. No en traurà re d'escridassar-lo per la fugida del sospitós, al capdavall, també ha rebut un cop de puny als morros.

—Vine, Agelet —li diu només. I se l'emporta cap al despatx—. ¿Penses que l'inspector està implicat en el crim? Tu el coneixes bé, heu estat moltes hores junts.

El policia de paisà obre uns ulls d'oliva negra que ja ho diuen tot. Millor dit, només un dels ulls, que l'esquerre el té morat de la trompada.

—¿Que sospites d'ell? ¿De debò?

—Jo, no —s'excusa el sergent—. Però, el capità Ledesma està segur que l'inspector és l'assassí. ¿No has vist com ha sortit a empaitar-lo?

—Jo creia que el *picoleto* també anava pel negre...

—Doncs, ja ho veus. Ara resulta que el teu col·lega també és sospitós! Només faltava aquest per embolicar més la troca! Tot plegat, un enigma...

—L'enigma no existeix —talla l'Agelet. I pontifica amb to solemne—. Si una pregunta es pot arribar a formular, també pot ser contestada. Wittgenstein, *Tractatus*, Proposició sis, punt cinc.

—Vinga, doncs! Contesta'm aquesta pregunta. ¿Qui és l'assassí del cotxe de línia?

El filòsof lesionat s'escapa per la tangent amb suposicions. Al seu parer, queden tres hipòtesis per eliminar. Això, és clar, un cop descartats els supòsits de l'atemptat terrorista, del crim de secta i de les tres o quatre tipologies de mòbil polític. En primer lloc, s'ha de prendre en consideració la teoria balmesiana del sentit comú, segons la qual la culpa acostuma a ser negra. Tot encaixa dins del concepte de seny: l'origen i raça de l'assassí, el seu silenci culpable, el rellotge furtat a la víctima, l'escapada final... Tot, excepte la premissa del mòbil: matar un home només per prendre-li el rellotge, deixant intactes el grapat de diners que duia a la cartera, és una acció del tot forassenyada, tant entre nosaltres, els guardians mundials del seny, com a la tribu més salvatge de l'Àfrica tropical. Segona hipòtesi, l'helicòpter de la màfia. ¿Recorda el sergent que alguns viatgers han parlat d'un helicòpter voleiant prop de l'autocar a la sortida de Barcelona? Doncs bé, tenint en compte que al sostre de l'autocar hi ha una finestra, l'única obertura que es pot manipular sense el conductor, podem imaginar que es despenja un home, fa la feina, i encabat desapareix per dalt amb el mateix sistema. ¿Què et sembla?

—Em sembla una parida, què vols que et digui! Com que no tens on agafar-te, t'empesques un assassí caigut del cel.

—Hi toques bastant —reconeix el teòric de l'ull de vellut—. Com que no trobem on posar els peus, perquè el sentit comú i la lògica han fet aigües, ens agafem a la imaginació. Ara bé, una imaginació amb fonament, no pas fantàstica com tu dius. Tu sembla que et refereixis a una mena de *Deus ex-machina*, un ésser fantàstic que ens ho soluciona tot, i no és ben bé això. Senzillament, fem volar la imaginació sense deixar de tocar de peus a terra, com la canalla quan juguen a fer volar un estel...

—La tercera, Agelet! —talla el sergent.

—Això, anem a la tercera hipòtesi que és la bona. En aquest supòsit, l'assassí no només no ha volat, com els casos del negre i del mafiós, sinó que el tenim ben tancat.

—¿L'assassí tancat a la garjola? —els ulls del sergent brillen amb una espurna d'il·lusió—. ¿De qui carai parles?

—De la víctima. Hipòtesi del suïcidi camuflat, vet'ho aquí! El diputat era un paio rarot, solitari, molt especial... Pot haver dissimulat el suïcidi, com en tants casos inexplicables d'accidents de trànsit. Suposem que s'ha pres un verí...

—¿I el senyal del coll, el séc de la corda? —Decididament, no toca vores.

—Se l'ha pogut fer ell mateix abans.

—¿I l'informe del forense?

—Per ara, és només un informe aproximatiu. No hi ha re segur fins que no es faci l'autòpsia.

—I... —no sap si anava a replicar amb el pot de l'esprai, o bé amb el rellotge del mort, quan el telèfon l'ha interromput. S'afanya a agafar l'aparell amb l'esperança de rebre notícies sobre la persecució dels fugitius.

La trucada que li passen prové de la Policia Municipal, d'un cotxe que l'alcalde de les Borges ha enviat de matinada a patrullar pels voltants de la comissaria. El municipal diu que tenen al cotxe una senyora que han enxampat tafanejant vora l'autocar. Sembla que la dona sortia de la comissaria, que probablement els mossos ja saben qui és; amb tot, li truca per si de cas.

—Sé qui vols dir, Martínez —confirma el sergent—. És un dels viatgers de l'autocar, una vella que ha perdut no sé quin paquet. No entenc per què encara roda per aquí, fa hores que ja havia d'haver tornat a Lleida. Deixeu-la en pau, que és un plom, que foti el camp d'una vegada!

—No para de xerrar —continua el municipal—. Diu que ella sap qui ha mort el diputat.

—Bé, envia-me-la —decideix poc convençut.

Dos minuts més tard, té al davant la senyora Rossita Vallespí, viuda de Barrau i antiga mestressa de *Modas La Generosa*. El policia tira pel dret sense preàmbuls:

—Així que vostè sap qui és l'assassí de l'autocar.

—Jo això no ho he dit mai —s'esquitlla la doneta—. I me'n guardaré com de caure al riu de dir-ho. Jo només volia...

—Ja ho sabem —li xafa les intencions el policia—. Vostè lo que vol és recuperar l'abric. Que no ho veu, senyora, que ara tenim entre mans un assumpte més urgent que el seu ditxós abric!

La dona repesca la frase escapçada, sense deixar-se acoquinar:

—Jo només volia comprovar una cosa al portamaletes de l'autocar! Vostè està mal informat. Lo que jo he perdut no és cap abric, sinó una caçadora, una caçadora nova de color carbassa amb el coll de pell girada de color verd fosc. Tota la nit que barrino com és possible que m'hagi desaparegut, i rumiant, rumiant, he arribat a la conclusió que estirant de la caçadora, potser seguirà el criminal que vostès busquen.

—Doncs, au vinga, estiri, estiri!

—Miri, jo sóc una mica tafanera, no me n'amago. M'agrada fixar-me en tot lo que tinc a la vora, especialment quan no tinc re més per fer, com ara quan viatjo. En aquest viatge a Barcelona he vist coses que m'han estranyat. Vull dir minúcies, detalls sense importància, però diferents d'altres vegades que he fet el mateix viatge. De moment, no n'he fet gaire cabal, però encabat, rumiant, rumiant...

—¿Quines diferències ha notat?

—Començant pel cotxe, l'autocar d'avui era diferent. Feia temps, potser dos anys, que no anava a Barcelona amb un autobús d'aquestos tan llargs. Els d'ara són més moderns, més curts.

El policia s'esperava un detall més sospitós:

—¿I què més, senyora? —apressa amb un deix d'avorriment.

—Tingui una mica de paciència, sisplau. Una canya sola no serveix ni per emparralar una tomatera, ¿que es pensa que no ho sé? Però amb mitja dotzena de canyes, qualsevol gitano una mica traçut, pot teixir una panistra!

Doncs a veure si les altres canyes tenen més consistència, sospira el Campos:

—Continuï.

—El xofer estava molt nerviós, més que de costum. El conec d'altres viatges. Jo, si puc, sempre em poso davant de tot, ¿sap? Doncs, avui l'home era un sac de nervis. Es bellugava al seient, tocava la botzina, aixecava contínuament el cap per mirar per l'espill retrovisor. No pels miralls de fora que són per veure els cotxes que venen pel darrere, sinó per un de dins que només serveix per espiar els seients i els viatgers. ¿No li sembla ben estrany?

Si més no, curiós, pensa el sergent Campos.

—Ha dit que feia sonar el clàxon.

—Almenys ha tocat la botzina un parell de vegades, bastant seguides, cap allà a mig viatge. Més coses. A l'autocar hi havia uns quants seients empastifats de pintura i estripats. S'hi ha fixat, suposo —el policia assenteix amb el cap—. ¿I no li sembla estrany? Jo almenys no m'hi havia trobat mai amb una porqueria així. A l'Alsina, s'hi miren molt en la neteja dels cotxes. Clar que ja s'ho cobren, ja... I encara una altra cosa. Quan érem a l'estació, a punt d'arrencar cap a Lleida, el xofer ha escridassat un dels viatgers perquè havia anat a asseure's més enrere, en un seient que no era el seu. És la primera vegada que ho veig. Quan hi ha pocs viatgers, la gent ni se'l mira el número del bitllet. Cadascú s'asseu on vol.

Si el diputat s'hagués quedat al seu lloc, segurament no l'haguessin pogut pelar, rumia el policia. ¿I si el xofer sabia alguna cosa del crim i mirava d'impedir-ho? O al contrari, potser volia que la part del darrere quedés lliure.

—Està bé, senyora. ¿I com ho lliga tot això?

—Abans de posar-nos a lligar, escolti bé lo que ara li vaig a dir. ¿Sap aquell policia secret que anava a l'autocar? Ha sigut ell el que ha trobat el mort. I quan l'ha vist, ha tornat cap al davant i ha avisat al xofer que s'aturés. Li ha dit així, escolti-ho bé: «Hi ha un viatger mort.» Al cap d'una miqueteta, quan ens hem aturat, un guàrdia civil ha preguntat al xofer si havia passat alguna cosa i el xofer ha dit que hi havia hagut un assassinat.

—Sí, ¿i què? —pregunta el Campos, vist que la dona no continua.

—¿Que no se n'adona? ¿Com ho sabia el xofer lo de l'assassinat? L'altre només li ha dit un mort. Hagués pogut morir d'un atac de cor, és lo més normal. Almenys això és lo que jo he imaginat quan he sentit el policia.

Aquesta coi de vella hi toca més del que semblava:

—¿N'està segura? ¿Vol dir que ho ha entès bé?

—No sóc sorda gràcies a Déu, ni em calen aparells a les orelles! —s'enfada la dona—. Ja hi podria firmar vostè, de conservar a la meua edat una oïda així! I encara no li he dit lo millor.

El policia no sap si amb aquest lo millor, la vella es refereix a una altra qualitat de les seues, o bé a algun altre detall sospitós.

—Continuï —insisteix sense comprometre's.

—Quan hem sigut al peatge de l'autopista de Lleida, el xofer s'ha confós de cabina. S'ha posat al carril de més a la dreta, s'ha aturat un moment davant de la barra i encabat ha hagut de recular perquè aquest pas es veu que no es fa servir. ¿No li sembla una mica sospitós que s'equivoqués? Ell hi passa cada dia! Bé, això és lo que penso ara, en aquell moment només m'ha estranyat que fos tan romancer. Tant neguit i ara ¿per què ens aturem?, he pensat aleshores. ¿I sap què penso ara? Que s'ha entretingut perquè baixés algú de l'autocar! ¿I sap qui és aquest algú? El lladre que m'ha pres la caçadora! ¿Què me'n diu?

El sergent Campos no en diu re, encara. ¿Com pot haver baixat algú si no s'han obert les portes? Això, tots els viatgers ho han corroborat. Ni tampoc per les finestres, que són enganxades a la carrosseria...

—Primer jo li explico lo que em balla pel cap —continua la dona— i encabat vostè em diu què en pensa. ¿Entesos?

Acte seguit, la velleta descabdella la seua hipòtesi, «teixeix la seua panistra amb quatre canyes», per dir-ho amb el seu propi exemple. Al llarg de la nit, n'ha vist teixir i desteixir tantes, de panistres, el sergent Campos! Amb tot, fa l'esforç de creure que aquesta serà la definitiva. La vella comença remuntant-se a l'estació de Barcelona en el moment que deixa al portaequipatge la caçadora de cuir adquirida al magatzem d'un majorista. Un parell d'hores després, quan han arribat a la comissaria i els han fet baixar, la caçadora havia desparegut. Ella l'ha reclamat al xofer, ho ha preguntat als viatgers, un per un, però ningú li n'ha sabut donar raó. Finalment, una xiqueta, aquesta, ¿sap?, que se n'han emportat per terrorista, m'ha dit que ella havia vist de l'autocar estant un individu corrent amb una caçadora exacta a la que jo reclamava. No recordava quan ni on, només estava segura que pels voltants on corria l'home, no hi havia cases. Cosa que vol dir que ja no érem pels carrers de Barcelona, sinó en plena autopista. Més tard, aprofitant que ella estava sola amb el xofer, li ha reclamat de nou la bossa extraviada i l'altre no hi ha volgut saber re. Discutint, discutint, de cop hi ha caigut: no havia ficat la bossa al portaequipatge normal, sinó en un altre armariet, el de les escombres, situat cap al darrere de l'autocar. Ha anat a comprovar-ho. El xofer l'ha seguida d'amagat i un cop allà, no volia de cap manera que obrís la portella. Sort que també l'acompanyava un policia, que és qui ha aixecat la tampa. La caçadora havia volat. S'ha ficat a dins per assegurar-se'n millor i ha notat una pudor estranya, de persona llorda. El mateix tuf que fan aquestos joves que no es renten mai i que passen per les botigues a pidolar diners. Al sortir del forat, ha tombat sense voler una galleda d'escombraries, ¿i sap què hi havia dins? La bossa de plàstic amb què anava embolicada la caçadora. Que era la mateixa, hi ha reparat després, en aquell moment la dona només ha vist una bossa de plàstic qualsevol.

—Allà dintre hi ha hagut un home amagat —conclou la botiguera—. El qui m'ha pres la caçadora. El xofer ho sabia i per això s'ha entretingut al peatge, perquè l'altre tingués temps de sortir del forat. ¿Que no ho entén? És això lo que anava a comprovar ara, quan m'ha cridat l'alto el municipal.

—Bé, suposem que sigui cert —raona el policia—, suposem que a l'estació s'ha amagat algú allà dintre i que al peatge ha fugit amb la seua bossa... ¿I què? ¿Què té a veure el lladre amb el crim? —De cop, una idea el fa posar dret d'un salt—. Ha dit que el portamaletes és a la part del darrere, ¿veritat? Anem, vingui amb mi!

A l'altre costat de porta l'espera l'Agelet amb les últimes notícies sobre la persecució del fugitiu. En aquest moment li importen tan poc, que no s'atura ni afluixa el pas, de manera que el filòsof es veu obligat a empaitar-lo tot recitant. El caporal Puig i el capità dels civils han tingut un accident amb un camió de porcs. Sembla que no és res greu però els han dut a Lleida a l'*Arnau*. Pel que fa a l'inspector Massanés, continua la caça del negre no gaire lluny d'aquí, pels voltants de Juneda. El fugat ha saltat del cotxe que havia segrestat i ha fugit camps a través. Diu que el tenen localitzat, que no pot anar gaire lluny. Per més seguretat, ha demanat gossos a Lleida per rastrejar la zona.

—Me n'alegro —fa el sergent, obrint la portella que

la dona li ha indicat—. Torna-te'n a dins i estigues al cas —i s'encaua dins del forat, de panxa enlaire com un mecànic.

El primer pas de la inspecció resulta decebedor del tot. No s'esperava pas trobar un sostre així, cobert de cap a cap per una moqueta fixa i consistent. En canvi, les parets sí que són de fusta, probablement de fullola. N'explora amb la mà plana la superfície, confiant de palpar alguna rugositat que indiqui la falsa porta que busca. Però re, tot és llis com acabat de vernissar...

—Sota la moqueta! Miri sota la moqueta! —sent que crida la dona abocada al forat—. A l'altre portamaletes no n'hi ha, al sostre, de moqueta!

Aleshores el sergent hi cau: si només hi ha moqueta al sostre, vol dir que segurament l'hi han afegit després. Concentrat en l'examen del sostre, palpeja amb els cinc sentits la superfície peluda fins que, finalment, troba una fissura on clavar les ungles. Sota el pany de moqueta estovada, ressegueix la ranura de la fusta, de forma quadrada i amb cargols a cada angle... Amb un simple tornavís n'hi haurà prou per confirmar l'existència d'una trapa.

—Tenia raó, senyora —esbufega mentre s'aparia el nus de la corbata i s'espolsa l'uniforme—. Hi ha un forat que comunica amb els seients. No digui res a ningú. Ja l'avisaré —I corre embalat cap a la porta de la comissaria.

—Escolti, escolti! —reclama la vella, cametes ajudeu-me darrere d'ell—. ¿Vol dir que la recuperaran, la caçadora? Miri que la pell és molt delicada, si triguen gaires dies es farà malbé i no la podrem vendre. Una nit al ras amb aquesta humitat...

—I a mi què m'importa!! —brama el policia, que s'ha aturat al replà de l'entrada—. ¿Que no ho veu, senyora, que precisament ara lo que menys em preocupa és la seua remaleïda caçadora?

—Clar, com que a vostè no li ha costat un duro —s'hi gira la botiguera—. No hi ha dret, home! ¿Per a això paguem impostos?

En part té raó la dona, reconeix el cap de la comissaria. Al capdavall, si no hagués sigut per ella...:

—Estigui tranquil·la, senyora. No es faci mala sang. Miri, si la caçadora no apareix o es fa malbé, ja l'hi pagaré jo. L'hi prometo. I de la meua butxaca!

De nou dins de casa seua, es tanca al despatx. La descoberta de la trapa l'ha deixat tan aclaparat que ara necessita estar un moment sol per meditar quina decisió cal prendre. Podria rematar-la perfectament ell, aquesta feina: presentar-se al pis del xofer, forçar-lo a confessar el crim i lliurar-lo emmanillat a la justícia. Encara que no tingui gens d'experiència en interrogatoris, s'hi veu amb cor. La culpabilitat és tan evident que no tindrà altre remei que cantar. El Roure, el Massanés, tota aquesta colla de creguts es quedarien amb un pam de nas... L'altra possibilitat, la menys compromesa per a ell, és comunicar-ho tot al Roure, oferir-li el pastís en safata i que el comissari en faci lo que li doni la gana... Ni per a ell, ni per a mi, ni menys encara per al Massanés, decideix finalment. El pastís correspon a l'Agelet. Legalment, ell, com a policia judicial, és l'únic a qui de bon principi el jutge ha confiat la investigació del cas... Mentre l'Agelet vagi a detenir el xofer, ell s'arribarà a l'autopista, al peatge de la desviació de Lleida, amb la intenció de rastrejar les rodalies. Sobretot, els camps propers de la dreta, en direcció Lleida. Amb una mica de sort, d'allí estant podrà localitzar per telèfon els empleats que estaven de servei ahir al vespre, entre les cinc i dos quarts de sis, que és quan va passar l'autocar de l'Alsina. Probablement, algun d'ells s'haurà fixat en un paio que feia autoestop prop del peatge, potser vestit amb una caçadora taronja amb el coll de pell girada color verd fosc.

CAPÍTOL 16

Quina nit, redéu! Aclofat al seient del darrere, l'inspector Massanés se sent abatut pel pes de moltes hores de trasbalsos i neguits. Des d'ahir a les cinc de la tarda quan va descobrir el mort, fins ara que ja són més de les deu del matí, que no ha tingut, com qui diu, ni temps d'anar a pixar. Al seu costat, el Càndid aprofita el viatge a Lleida per fer la becaina. No es pot queixar de l'ajudant. A pesar de les seues manies, és un bon col·lega, se'n pot refiar... Quines pensades que té! Mira que engegar l'autocar de l'Alsina, travessar els carrers de les Borges i presentar-se-li allà, al mig del camp on feia la batuda per atrapar el negre! Clar que si no ho fa així, ell no es mou. Per més que li jurés per telèfon que deixés en pau el negre i tornés immediatament a la comissaria, que havia trobat la pista definitiva, qualsevol li'n fa cas! Al llarg de la nit, n'havia trobat tantes, de pistes definitives que al cap de poc s'esfumaven! Ara, en pic ha vist el forat del portamaletes, ho ha tingut molt clar que aquesta vegada anava de debò... Redéu quina nit! I tot per culpa d'aquestos sapastres de la científica. Mira que no adonar-se de l'amagatall del portamaletes! Segur que als mossos no els hagués passat per alt, però aquell torracollons de jutge ha volgut encarregar la feina als *escuts*... Si de bon principi, quan han pentinat l'interior de l'autocar, haguessin descobert la trapa, en dos minuts ell hagués resolt el cas. Precisament, ara que hi pensa, el conductor ha sigut el primer que ha interrogat. Tan ben encarat com anava!

—¿Cap a on tirem? —demanen els agents del davant. El cotxe s'ha aturat a l'entrada de Lleida, al semàfor del cementiri.

—Canonge Sucarrat disset, quart segona —respon el Càndid, sense obrir els ulls, com si recités mig somnàmbul l'adreça al taxista.

—Tira recte, entrarem pel pont de Pardinyes —indica l'inspector, traient-se de la butxaca de la gavardina el llibret d'anotacions. Mentre localitzen l'adreça, farà un repàs a les notes que ha pres abans de sortir, quan ha parlat amb la botiguera. Cal preparar una mica l'interrogatori, no fos cas que ara aquest per una pregunta inoportuna, se li escapi de les mans.

Els obre la porta del pis un home baixet, ullerós i despentinat, vestit amb l'uniforme de l'empresa. L'inspector observa que a pesar de les quatre o cinc hores que deu fer que ha arribat a casa, encara no se n'ha anat a dormir.

—Estava esmorzant —diu als policies, com si amb això intentés explicar per què l'han trobat despert.

A l'inspector no se li escapa cap detall. Damunt de la tauleta del tresillo hi ha un parell de plats amb restes de menjar, una ampolla de cervesa buida i un transistor apagat. L'amo del pis aparta del sofà una pila de diaris esportius i invita els forasters a seure. Només seu ell, el Càndid es queda dempeus una mica separat del sofà. La seua missió, ja ho sap, és observar el pis mentre els altres parlen. L'inspector repeteix les disculpes, mira de tranquil·litzar el sospitós, tot deixant clar que les preguntes que li volen fer no es refereixen al crim, sinó a un misteriós paquet desaparegut durant el viatge.

—La propietària que n'ha denunciat la pèrdua ens ha dit que ha parlat amb vostè. ¿Sap qui vull dir?

—Sí, una vella emprenyadora. Em sembla que està ben sonada.

—Probablement —força una rialla el policia—. Hem vingut perquè vostè ens confirmi o desmenteixi algunes afirmacions que ha fet. Com ara... —rumia un segon—. La vella ha dit que per l'autopista han trobat molt trànsit.

—¿Molt trànsit? No, el mateix de sempre.

—El trànsit és com l'aigua del riu que mai no és la mateixa —intervé el Càndid—. Mai no ens banyem dues vegades al mateix riu, va dir el vell Heràclit. Pel mateix motiu, mai no circulem per... —no acaba la frase. La mirada amb què el fulmina l'inspector li fa empassar la resta de filosofada.

—La vella ha dit —torna al xofer, com si no hagués passat re— que vostè ha tocat la botzina no sé quantes vegades.

—Li devien xiular les orelles.

—¿Està segur que no l'ha tocat ni una sola vegada? Jo també anava a l'autocar i he sentit el clàxon.

La mentida fa forat:

—Potser sí —admet el sospitós—. No ho sé. No me'n recordo ara. ¿Quina importància pot tenir això?

—No s'amoïni, cap ni una!

Molta importància, s'alegra per dins. Se n'ha de recordar per força, no es toca així com així, per qualsevol fotesa, la botzina de l'autocar. Sembla que l'estratègia de «la vella diu» dóna resultat. Continuem:

—La vella diu que l'autocar era diferent, que no és

dels cotxes que fan habitualment el trajecte de Barcelona.

—En això té raó. He hagut de canviar l'autocar a les cotxeres. Fallava el dispositiu que fa obrir i tancar les portes, i no me n'he refiat.

—¿On l'ha fet, el canvi, a Lleida o a Barcelona?

—A Lleida, quan he sortit a migdia. Els conductors anem i tornem sempre amb el mateix cotxe.

—¿I no ho ha trobat estrany que s'avariés? És un autocar molt nou, ¿oi?

—No tan nou, ja té més d'un any. No ho saps mai... Una vegada em vaig quedar al mig de l'autopista amb un autocar acabat d'estrenar.

La mena d'avaria que hi hagi pogut haver, l'hi explicarà millor el mecànic de l'empresa. Segons com vagi la cosa, abans d'anar a la comissaria, passarà per les cotxeres del Polígon a interessar-se'n. Sense cap més preàmbul, opta per passar a l'atac:

—La vella també ens ha dit que a l'arribar al peatge de l'autopista, vull dir el peatge de la desviació de Lleida, l'autocar s'ha aturat una estona, més de l'habitual.

—Què cony s'empatolla!

—¿Vol dir que és mentida?

—És clar que és mentida. ¿Per què m'havia d'aturar gaire? El temps just d'abaixar el vidre i estirar el tiquet de la màquina.

—¿Recorda si ha fet alguna maniobra especial? Com ara, si s'ha equivocat de carril.

—Que jo recordi, no.

—La vella diu, i altres viatgers també ho han confirmat, que l'autocar s'ha col·locat en un carril tancat i després ha hagut de recular.

—Potser sí... No me'n recordo ara. ¿Quina importància pot tenir?

—La vella diu que l'autocar s'ha aturat més del compte perquè tingués temps de baixar un home amagat al portamaletes.

—¿Un home amagat al portamaletes? —exagera una riallada—. Està com un llum de ganxo, la tia!

El policia opta per donar-li peixet:

—Realment és difícil de creure. Però la vella insisteix. Assegura que ha vist amb els seus propis ulls com un individu sortia del portaequipatge i s'allunyava corrent de l'autocar. ¿Què me'n diu?

—Que és mentida! —brama visiblement nerviós—. ¿Que no ho veu, que la vella s'ho inventa tot?

I tant que ho veig. Fins ara bé que has hagut d'admetre totes les seues observacions.

—Dubto que la vella s'ho inventi, senyor Delsoms. Ho ha jurat pel Sagrat Cor de Jesús, i és de les que van a missa.

—Jurament fals, què vol que li digui!

—A l'autocar, la dona seia a la primera fila de seients, just a l'esquena de vostè. ¿Se'n recorda?

—Ara que ho diu, potser sí. Al costat de vostè.

—Exacte. Jo, quan hem passat pel peatge, m'havia entredormit, però ella es veu que no. Diu que d'allí estant ha vist ben bé la fugida del polissó. Ara vostè em diu que és mentida. Com pot suposar, la policia no sabem qui hem de creure. Si vostè pot demostrar...

—No em costarà gaire de demostrar-l'hi —s'avança el sospitós—. ¿Com l'ha pogut veure, si a l'autocar anava asseguda darrere meu?

Ja està! Per fi ha picat l'ham, sospira pell endins l'inspector. I tot seguit s'apressa a fer-li veure la relliscada:

—Té tota la raó, senyor Delsoms. La dona, tal com anava asseguda, no l'ha pogut veure de cap manera. Però ara vostè m'haurà d'explicar per què suposa que l'individu aquest ha sortit per l'altre cantó de cotxe.

—Suposar, ¿diu? Jo no suposo re!

—No ho negui, m'acaba de demostrar el contrari. Recordi lo que ha dit: «¿com l'ha pogut veure si a l'autocar anava asseguda darrere meu?» Si el motiu pel qual no l'ha pogut veure és perquè la dona seia a la banda esquerra, vol dir que vostè dóna per fet que si la dona hagués estat a l'altra banda, sí que l'hagués pogut veure. El portaequipatge normal té sortida per ambdues bandes, en canvi, l'armari de les escombres on l'home s'amagava dóna només a la dreta, l'oposada al conductor. Vostè, gràcies al mirallet retrovisor de fora, ha espiat tota l'operació.

—Jo no he vist re —s'atrinxera l'homenet—. No en té cap prova.

—En tenim moltes, senyor Delsoms, més que suficients per demostrar que vostè està implicat en el crim.

—Ja m'agradarà sentir-les! —es refà.

L'inspector esgrimeix, una per una, les observacions de la botiguera, les quals, degudament retocades per ell, es converteixen en proves irrefutables que impliquen el conductor en el crim. L'acusat, cada cop més eixut de paraules, ho nega tot per sistema, emprant tan sols monosíl·labs. Finalment, quan el policia li esmenta la trapa oberta al terra de l'autocar (se l'ha guardat expressament per l'últim com el tret de gràcia), l'homenet es queda mut del tot. Arronsat a la butaca, sembla que encara s'hagi fet més petit.

—Lo millor que pot fer, senyor Delsoms, és col·laborar amb nosaltres, a fi i efecte que puguem detenir aviat l'assassí. ¿Que no ho veu, que si continua negant-ho tot, l'haurem d'acusar d'encobridor?... ¿L'hi han obligat, potser? ¿Ha rebut amenaces?

L'acusat no gosa aixecar els ulls de les rajoles:

—Sí, he rebut amenaces... Dels terroristes de MEDEA... —parla a glops, rumiant un moment abans de cada frase—. Em van dir que si no feia tot lo que ells em deien, em matarien... A l'estació, un d'ells s'ha amagat allà dins, on vostè ha dit... Ha sigut ell el que l'ha mort... Jo no hi tinc res a veure... El forat del terra, l'havien preparat abans...

El despertador del mòbil interromp les glopades agòniques de l'acusat. És el sergent Campos amb magnífiques notícies. Acaben de trobar prop del peatge el cadàver d'un home que porta una caçadora de pell de color taronja. Fa pinta de ionqui i la mort probablement s'ha produït per sobredosi.

«¿Un altre assassinat?» barrina l'inspector encara amb l'aparell a les mans. MEDEA i la droga, així d'entrada, no sembla que lliguin gaire... En fi, ja ens ho aclarirà aquest a la comissaria.

—Haurà de venir amb nosaltres, senyor Delsoms.

Mentre el sospitós és a l'habitació a canviar-se de roba, l'estança s'il·lumina com si algú de cop hagués apujat les persianes. A l'altre cantó dels vidres, un sol lluent i arrodonit com una lluna plena comença a fer pampallugues per damunt de la boira. Amb una mica de sort, abans de migdia tindrem sol.

CAPÍTOL 17

Salvador Delsoms és d'aquella mena de marits passionals, incapaços de continuar conduint amb prudència d'ençà del moment que s'adonen que la seua dona se n'ha anat amb un altre home, amb el qual menja, dorm, es discuteix i, suposadament, copula. L'esmentat conflicte sol presentar tres possibilitats de desenllaç: a) matar la dona; b) matar-los tots dos; c) matar només el rival. En els països del mediterrani cristià, les solucions a *i* b *acostumen a anar seguides d'un intent de suïcidi, rematat amb èxit el 37 % de les vegades segons les estadístiques. No és aquest el cas que ens ocupa, atès que el nostre assassí d'avui, com més avall veurem, va optar per la possibilitat* c.

De jove, Salvador Delsoms era un xicot terriblement acomplexat pel cos que li havia tocat de traginar per les amargues avingudes de la vida. Ell personalment es veia capgròs, baix com un tap de bassa i amb els ulls guenyos. La caricatura, començada a perfilar en el caliu familiar d'ençà que al padrí se li escapà de dir que aquell nen tenia el cap de pera codonyera, la caricatura, dèiem, tan sols es projectava dins de la seua imaginació. Per fora, la gent del carrer no en veien passar cap, de ninot, sinó un noi rabassut, vulgar i taciturn com tants d'altres n'hi ha. Apreciació, per altra banda, corroborada amb mesures objectives per les autoritats civils i militars, les quals van comprovar que tenia prou alçada per fer el servei militar (encara li van sobrar 14 mil·límetres!) i prou vis-

ta per concedir-li el carnet de conduir de primera especial. Tampoc a l'empresa Autocars Cava *li van trobar cap defecte especial, de manera que el van contractar alhora que li confiaven una de les seues màquines més modernes.*

A ras de terra, en pic havia desembarcat de la baluerna, el xofer semblava un nen avergonyit per una malifeta. Caminava amb el cap cot, ben dret cap a casa, sense gosar alçar la mirada de les llambordes. En canvi, enfilat al volant de l'autocar, metre i mig damunt del nivell de l'asfalt, amb les seues ulleres de sol als ulls, el seu rellotge daurat al canell del braç pelut que espiava per la finestreta i amb el carnet de primera especial a la butxaca, se sentia tot un milhomes, el més pinxo dels conductors. Aturat al semàfor, contemplava des del seu mirador privilegiat el formigueig de gent que creuaven l'avinguda. A cada pas de vianants ullava una noia, de la qual decidia enamorar-se secretament. La paladejava a gust, com un caramel de menta, amb la tranquil·litat que comporta saber que al proper semàfor l'escopiria i en triaria una altra, com ara de gust de maduixa.

Fins que una tarda que feia el servei escolar per a la guarderia Herodes, institució especialista en nens impossibles, es va fixar en una de les mares que recollien els fills a la parada. A l'acte, se'n va enamorar en secret, com de costum, i sense baixar de l'autocar. L'endemà va saber, pel bram del marrec, que la dona es deia Helena, detall que va despertar-li el cor, atès que totes les que fins llavors havia triat no tenien nom. Dies després, en pic va descobrir (també per aquell malcriat, que a part de cridar com un salvatge li destrossava a mossegades la tapisseria dels seients), que no era la mare sinó la tieta, el cor li va anar més de pressa. I quan ella li va somriure, ja no hi hagué forma de tranquil·litzar-se ni de substituir-la per cap altra.

La falsa mare de primer va manifestar el seu afecte amb

indirectes, però en vista que el conductor no reaccionava, les efusions foren cada cop més provocatives. L'altre no sabia què fer, només tenia por, pànic a aixecar el cul del seient i baixar a la vorera de la vida. Un dia que el nen estava malalt i al matí no havia anat a l'escola, l'Helena es presentà igualment a la parada per recollir-lo. Tan bon punt el xofer hagué abocat el darrer marrec, ella pujà al cotxe, pitjà el botó de tancar les portes i s'assegué al seient del davant: «Porta'm on tu vulguis, Salvador!» Aviat està dit això, va pensar el conductor, acostumat com estava que el destí del viatge li vingués marcat per l'empresa, o en tot cas, escollit pels clients. Va deixar enrere les amples avingudes de la ciutat crepuscular i es va esquitllar pels camins estrets de l'horta, vorejats de sèquies i de fruiters florits amb olor de sulfat. Un passeig romàntic, tothora corejat pels lladrucs dels gossos que fan guàrdia a les masies, conegudes a Lleida amb el nom de torres. *L'endemà, vist que el nen l'havien operat d'apendicitis i que en tenia per dies, i vist que la noia volia anar més lluny, el Salvador va enfilar l'autopista en direcció a llevant. De l'autopista, propietat d'ACESA, van passar a una carretera propietat de l'Estat, i després, a una via paral·lela al mar, propietat de la Generalitat de Catalunya, i després, a l'avinguda d'una urbanització, propietat municipal, i després, a un camí particular, estret i ple de clots, i finalment a un descampat a tocar de la platja, sense propietari, a causa del contenciós per un hereu gravat que els tribunals encara no havien decidit. Van sopar de cara al mar. Entre mossegada a l'entrepà d'hamburguesa i traguet a la llauna de coca-cola, l'Helena es va desfogar a gust contant l'explotació laboral de què era víctima. La seua germana l'havia contractat de cangur, a meitat de preu per ser de la família, i amb l'agreujant que per cuidar aquella bestioleta havia de fer de totes les bèsties de l'auca: de cangur, de gos d'atura i la major part del temps, d'ase dels cops... El tercer dia de passeig, tots dos volien arribar més lluny, de manera que al final van anar a petar a les cotxeres de l'empresa.*

Fins un mes abans de la boda, just el dia que havien d'anar a la joieria a encarregar els anells, el Salvador va resistir ferm allà dalt, dins del seu búnquer de vidre. Aquell dia, al baixar a la vorera on ella l'esperava, es va trobar baix, horriblement baix, a pesar dels talons de pam que s'havia fet afegir a les sabates. Per acabar-ho de rebaixar, ella esclafí com una col·legiala: «Et guanyo, sóc més alta que tu. Et guanyo, sóc més alta que tu!» Per uns moments es va veure l'ésser més dèbil i desvalgut de la terra, talment un gripau damunt la ratlla discontínua que separa els carrils de l'autovia. L'Helena, un camió enorme de sis eixos que s'acostava a tota llet, va corregir la trajectòria amb un petó i un somriure de disculpa. «M'agrades tal com ets, ruc!» I era cert, la noia n'estava molt del Salvador, l'heroi capaç d'alliberar-la definitivament de les envestides d'aquell salvatget que ni els càstigs de les parvulistes d'Herodes feien sirgar. Amb el vestit jaqueta color de moll de nou, la promesa estava radiant, maquíssima. Ell sempre li'n veia, d'elegant, posés el que es posés; li n'hagués trobat encara que hagués anat llorda i grenyosa com aquella perduda que li oferia paquets de clínex al semàfor de Ronda. Ben mirat, ell no se la mereixia una dona d'aquell calibre, maca i ben plantada, i soltera, no de segona mà com ja fóra més comprensible. De manera que si badava, qualsevol home mitjanament plantat l'hi prendria... L'hi podrien prendre passant pel carrer, o comprant per les botigues, potser a casa seua quan ell no hi fos... L'únic lloc on el Salvador se la veia segura era tancada dins de l'autocar.

Pel viatge de bodes, va llogar a l'empresa un autocar de cinquanta places per a ells dos sols i van sortir de lluna de mel cap a Andalusia. Al llarg d'una setmana, van recórrer les ciutats del sud d'Espanya, sols dins de la baluerna, com si coman-

dessin un autocar de viatgers fantasmes, de turistes invisibles. Al veure'ls tan enamorats, més d'un n'hi va haver que va sospitar si es tractava d'una parella, conductor i guia turística, que s'havien fugat a fer turisme pel seu compte, després de deixar plantats els clients, segurament jubilats, a qualsevol hotel. La parella dormia a l'autocar, en un matalàs estirat al passadís, que tot i estret, encara els hi sobrava lloc. La núvia hagués preferit dormir de tant en tant en un hotel per poder-se dutxar, però ell va dir que no calia, que aquests diners se'ls podien ben estalviar, per a la hipoteca del pis, o per als mobles, o per als fills. «¿Tu, Salvador, quants en vols, de fills?», es va il·lusionar ella. El futur pare va respondre que de moment un, després ja ho veurien. Per a ella ja estava vist: «Fill únic de cap manera, que semblaria el cobrador! Jo en vull tenir molts, fins a omplir l'autocar!»

*Pocs mesos després de la passejada nupcial, l'aspirant a mare es va estrenar d'embarassada. Tanmateix, la bona nova va durar ben poc, massa poc perquè la criatura pogués sobreviure fora de la panxa. Un cop recuperada de la pèrdua, de nou va arrelar en el seu ventre una petita esperança, la qual, malgrat el repòs absolut a què s'havia sotmès, tampoc va poder esquerar. Encara un tercer intent, en el qual la mare de poc s'hi queda, la féu desistir definitivament. Després d'uns anys de penitència matrimonial (ella, consumint-se al pis, ell, al volant de l'autocar, aguantant els crits i les impertinències de la canalla, de la canalla dels altres, que són insuportables), les coses tot d'una van millorar. El Salvador va aconseguir entrar d'empleat a l'*Alsina Graells S.A.*, la primera empresa de la província en línies regulars d'autobús, la cinquena de Catalunya. Per la seua banda, l'Helena es va espolsar l'ensopiment de tantes il·lusions avortades. Un bon dia, va sortir decidida del pis, aquest cop no per anar a comprar al súper, sinó per matricular-se en una acadèmia on li ensenyarien a solucionar* *la prova que li obriria una de les portes d'accés a la Universitat. No la portalada principal destinada al jovent de la primera volada, sinó la porta estreta per on s'esquitllen en silenci els majors de 25 anys. Un cop a dins, però, totes les estudiants semblen igual de joves, sempre i quan no s'empastifin gaire la cara de maquillatge ni es vesteixin amb roba extremada, apropiada potser sí per anar a fer el pallasso en una boda de nou-rics, però del tot incòmoda per prendre apunts de dret canònic, fer cua a la fotocopiadora o jaure damunt la gespa del campus. Sigui perquè ella no es va treure els texans, sigui perquè els llibres i els companys li havien fet oblidar les angúnies d'una maternitat fallida, sigui pel que sigui, ningú hauria dit que l'Helena Ràfols tingués gairebé deu anys més que la majoria dels seus companys de curs.*

D'un dia per l'altre, la facultat de dret es convertí en la seua primera residència. Al pis només hi anava per menjar i dormir, a condició que no fos la nit del dijous (la gran nit dels estudiants!) o que no hi hagués un sopar programat, fos de companys de curs, d'amigues o de delegats de facultat. Quan el Salvador tornava d'un viatge, ni que fos a migdia, trobava el pis solitari i, lo que és pitjor, la taula sense parar, la cuina feta un fàstic i lo més calent al congelador. Cansat i famolenc com venia, en comptes de preparar-se qualsevol cosa de la nevera o de baixar al bar a fer un mos, treia el cotxe del garatge i s'arribava fins a la facultat. Si tenia la sort de localitzar-la de seguida, dinaven plegats a qualsevol restaurant baratet; si no la trobava, el neguit de no saber on parava li treia la gana i se'n tornava al pis tot capmoix. Trist, disgustat, però no irritat contra la seua esposa. Per a un marit com ell, l'Helena era un regal de la vida, una propina de l'atzar, sobre la qual no tenia cap dret. Cosa que no exclou la gelosia. No podia fer-se a la idea que la seua dona fes vida fora de casa, que aquelles delicioses natges embotides dins dels texans, abans reservades al sofà del pis, ara passessin el dia escalfant cadires de fòrmica a les aules o al bar, als bancs del claustre, als tous de gespa del campus... I mentre fossin coses fredes, encara rai!

Per evitar que la dona se li escapés totalment del seu control, un mal dia va tenir la pensada de proposar-li de fer de tant en tant algun viatget a Barcelona amb el seu autocar. Mentre el xofer completés el servei a l'estació, ella podria anar de compres, o visitar un museu, una galeria d'art, o arribar-se fins a la biblioteca de la universitat per consultar el llibre que no havia trobat a Lleida; en fi, disposava d'un parell hores per fer lo que li vingués de gust. A l'Helena li encantà la proposta i fou en un d'aquests viatges culturals quan va conèixer el diputat Feliciano Morán, el qual a diari anava i venia del parlament. El marit des del volant se n'adonà de seguida. En pic el xofer va veure, espiant pel retrovisor, que per segona vegada consecutiva la parella s'asseien de costat, ja es va témer lo pitjor. Per acabar-ho d'adobar, la setmana següent hi havia setmana verda a la Universitat, cinc dies de vacances que l'Helena va voler aprofitar per als seus viatges culturals, cada cop més interessants. L'adulteri estava, doncs, a punt de solfa.

Conscient que no hi havia res a pelar, el marit va aparentar normalitat, almenys davant d'ella. Per dins rabiava com un gos. Només els homes saben si en fan de mal les banyes, especialment al principi, quan tot just apunten i comencen a trencar la pell del crani. Amb tot, més que no pas el mal de la cornamenta (al capdavall, amb una dona com l'Helena un dia o altre li havien de créixer!), allò que el rebentava era la manera com tot plegat s'havia produït. De fet, ell en tenia la culpa, per proposar a la seua dona d'anar a passar el dia a Barcelona... Ell mateix sense voler havia anat a oferir-la amb safata, com qui diu, a aquell polític xerraire. Un rival que el superava en planta, en diners, en simpatia, en fama, en tot allò que una dona pugui admirar d'un mascle. És clar que, com a contrapartida, el diputat no tenia el carnet de primera especial, i era molt més vell que el xofer, gairebé vint anys, però aquests detalls eren insignificants. Segons com es miri, en comptes de handicaps, fins i tot es podien considerar avantatges. El carnet de primera especial ja se l'havien començat a traure els moros, detall que demostra el grau de devaluació a què el cobejat diploma havia arribat darrerament, i pel que fa a l'edat, és prou sabut que les dones només donen importància a la seua. En elles, l'amor no és pas cec com sovint es diu, sinó que provoca una espècie de deformació visual. Així, les pelleringues del vell que les acaba de seduir, tenen un magnetisme especial, de manera que les arrugues es converteixen fàcilment en encantadors clotets de l'hermosura.

Quan l'esposa li va comunicar que l'havien llogat de secretària al Partit Espanyol del Nacionalisme Autèntic, treball que de moment l'obligaria a ajornar els estudis per a més endavant, el marit no se'n va estranyar gaire. Més tard, quan li va dir que la traslladaven a Barcelona a la sucursal autonòmica del partit, cosa que suposaria dormir cinc dies fora de casa, el coronat de banyes fins i tot se'n va alegrar. Almenys així, en els viatges s'estalviaria de passar per la situació humiliant com és la de veure (ell i tots els viatgers!) com mentre un treballa, mentre un es guanya honradament el panís familiar, la teua dona aprofita l'estona carallejant amb un desconegut a pocs metres del teu clatell. Una mica més endavant, després del primer cap de setmana sense donar senyals de vida, l'Helena va trucar des de Barcelona anunciant que l'esperava a l'estació, que li volia parlar d'una decisió important que acabava de prendre. Ell va respondre que encara era massa aviat per prendre decisions i li va demanar que s'ho pensés millor. Ho sabia de sobres lo que li diria, li feia tanta por que no ho volia sentir. «En pic m'ho hagi confessat tot», pensava, «ja no em voldrà veure mai més.» I ajornava la cita cada cop. «No-

més et demano una cosa, Helena, que ell no sàpiga que sóc el teu home», li va dir de bon principi. «Me'l trobo sovint a l'autocar i com pots comprendre...» «Per això pots estar tranquil», va respondre l'adúltera, «des del primer dia li vaig fer creure que ets mon cosí.»

Imaginem-nos, per entendre la reacció del nostre marit abandonat, imaginem-nos per un moment que un bon dia tenim la sort de descobrir un tresor fabulós, més que suficient per gaudir de plaers la resta de la vida. Continuem imaginant-nos que un mal dia apareix finalment el lladre (el lladre dels nostres malsons!) i ens furta el tresor. ¿Què fem, en el cas que no ens resignem a la pèrdua i vulguem recuperar-lo de totes passades? Inútil gastar energies mirant de convèncer el tresor. A tot tresor, de la mena que sigui (també a les dones maques, i que lladrin com vulguin les feministes), a tot tresor, li encanta de pertànyer a l'amo que se l'ha sabut afanyar. Per altra banda, no hem d'oblidar que el nou propietari és un gat vell, de manera que qualsevol temptativa de rescat a base d'enginy, se'ns presenta d'antuvi condemnada al fracàs. Només queda una sortida: liquidar el lladre. Matar un home a cop calent i de qualsevol manera és fàcil, però, ¿de què et serveix, si encabat et tanquen a la presó i no pots gaudir de la fortuna recuperada? La impunitat requereix sang freda, i sobretot, temps, dies i més dies d'escalfar-se el cap.

Ja hem dit més amunt que Feliciano Morán solia viatjar diàriament a Barcelona amb el cotxe de línia. Per bé que disposava d'un apartament a la capital de la comunitat autònoma, un niu d'amor, net i endreçat d'ençà que el compartia amb l'Helena, l'home tan sols hi feia nit els caps de setmana o en èpoques de vacances parlamentàries. Els dies feiners, encara que la reunió de la comissió acabés a les talúries, el parlamentari s'entestava a tornar a Lleida. El diputat Morán considerava que pernoctar entre setmana fora de la seua *circumscripció electoral constituïa un engany, una estafa als ciutadans que li havien dipositat la confiança. A més, el complement que cobrava en concepte de desplaçament incloïa el viatge d'anada i tornada. Darrerament, ni les carícies de l'Helena havien aconseguit torçar-li un pèl la rectitud d'esperit, i així, mentre la dona es quedava sola, morta de por i de desig, al llit gran de l'apartament, ell maldormia estirat al darrer seient del cotxe de línia. I vet aquí com dins d'un mateix autocar de l'*Alsina Graells, *tenim la víctima i l'assassí, l'un al davant i l'altre al darrere, separats per una setantena de seients.*

Provocar un accident de trànsit fou la primera idea que considerà l'assassí en potència. A mig viatge, quan Morán s'hagués col·locat al seu lloc de sempre, es posaria davant d'un camió, d'un vagó d'aquests de cinc eixos, frenaria de cop, i les trenta tones s'estamparien contra la part posterior de l'autocar. El darrer seient fóra el que més rebria: d'una trompada així, hauria de quedar xafat com una coca. Però, ¿i si la topada era tan potent que l'autocar perdia el control i sortia de l'autopista, o provocava un accident de resultats imprevisibles?, ¿i si al frenar, l'autocar culejava?, ¿com podia preveure la reacció del camioner?... Massa interrogants per a una persona indecisa, massa imprudència per a un conductor que en quinze anys de serveis (entre les dues empreses) mai havia tingut cap accident, ni la més mínima rascada. Calia buscar altres formes de liquidar un viatger sense haver de deixar el volant; si és que realment n'existia alguna...

Submergit en aquestes cabòries, un dia l'aborda un d'aquests joves amb pinta de penjats que solen pidolar als cotxes quan s'aturen al semàfor, i que d'uns dies ençà s'ha instal·lat a l'entrada de l'estació de Lleida. El xicot li aboca a raig una història de desgràcia, no gaire original. Ha vingut a Lleida amb la confiança de treballar a la fruita, però resulta que no hi ha feina i vol tornar a Barcelona. Només li falten vint duros per adquirir el bitllet... «Anem, jo t'hi porto de franc», s'ofereix el Salvador en un cop de rauxa. El xicot, que tot d'una s'ha adonat de l'uniforme d'empleat del seu interlocutor, no sap com sortir-se'n. «Abans», balbuceja per fi, «abans hauria de menjar alguna cosa... Fa dos dies que no he tastat re... Un entrepà, un cafè amb llet al bar...» El Salvador branda el cap amb un somriure, meitat de reny meitat de satisfacció, i s'allunya cap a la feina, una mica més content que altres dies.

*L'endemà l'aspirant a viatger continua al mateix lloc fent la col·lecta per a l'etern bitllet. Fa un pas cap a un possible donant que s'atansa, però al reparar que porta l'uniforme de l'*Alsina*, al reconèixer vagament el xofer amb el qual ficà la pota una vegada (el seu cervell, malmès per la droga, és incapaç de filar més prim en el passat), evita l'empleat tot girant-se cap a l'altra banda. I l'endemà passat també, i l'altre... El trinxeraire ha passat a formar part de l'escenografia de l'estació d'autobusos, com el guàrdia que clava multes als cotxes de la zona prohibida, com la pudor de gasoil que vessa pel túnel, com la caguerada damunt la vorera del canitxe de la senyora Pura... «Bé li deu funcionar el truc, suposa el Salvador. Si ningú no li donés re, ja hauria fotut el camp. És curiós...» I de cop se li acut que el xicot, tot pidolant, podria formular una mena d'endevinalla, més o menys així: «He de fer un viatge i no tinc diners. Si tu m'ajudes a comprar el bitllet, no em mouré d'aquí; en canvi, si no m'ajudes, me n'aniré de seguida.» Potser també és una endevinalla, i no un enigma sense solució, la idea que d'uns dies ençà li fa rau-rau: matar un viatger del volant estant, sense despentinar-se. Tal volta el viatger que mai no viatja podria ser la clau per solucionar el trencaclosques...*

Un dia d'aquests, l'empleat s'encara tot decidit al pidolai-

re, li dóna unes monedes i el convida al bar prop de l'estació. El xicot se sincera, li confessa lo que l'altre ja sap: que en realitat demana diners per poder-se pagar la ració diària de cavall. Per menjar i dormir no li cal patir, a l'alberg municipal li fan la dispesa de franc. El Salvador mostra interès per la droga, quant val una ració, si se'n pot aconseguir fàcilment, on... «Cap problema, tio!» Ell mateix li facilitarà tant cavall com vulgui, a condició que l'hi pagui per endavant, que els camells no venen res a fiar. A partir d'ara, la relació entre els dos homes és intensa, de dependència mútua. Amb els diners del xofer, l'Àngel Melià, que així es diu el ionqui, pot adquirir mercaderia suficient per tots dos. Ni per un moment es malfia de la sort que li ha caigut del cel. Potser encara que les neurones del cervell li carburessin a tot gas, poc s'imaginaria que el seu client no es xuta ni pensa xutar-se mai, que guarda les racions en una capsa ben amagada al pis. Com els estalvis de la guardiola que un dia haurà de trencar.

El pas següent, més delicat i comprometedor, prefereix donar-lo a Barcelona. Pels carrers dels volts de la Rambla, localitza fàcilment els venedors clandestins que baladregen el seu producte a qualsevol que tot passant se'ls miri més del compte. Per bé que tots els camells porten càrrega abundant i variada, la mercaderia que busca el nostre assassí (fins ara només de pensament), no és tan fàcil de trobar. Ni que només en vulgui un pessic, una sola ració. Amb diners, però (i el client està disposat a pagar-ne molts!), ja se sap que es pot aconseguir qualsevol producte. Finalment, un gitanet, última baula d'una cadena d'intermediaris, li posa a les mans una bola matxucada de paper d'alumini. El contacte, que no deu tenir més de dotze anys, li reclama amb veu d'amenaça els diners (els que falten per pagar, que ja n'ha donat una quantitat a compte). El Salvador li lliura un feix de bitllets lligats amb una goma i mentre el nen els compta, s'allunya recordant les paraules de garantia del camell amb qui féu el tracte. «Et vendré una cosa capaç de matar un elefant.» Se'n torna cap a Lleida content, amb una de les armes assassines a la butxaca; li falta l'altra, la que ha d'acabar amb l'home que li ha furtat la seua Helena.

El verí li crema a les mans, de manera que al cap de pocs dies ja es decideix a proposar la feina al seu amic: matar un home a canvi de droga. El xicot, d'entrada, s'hi nega en rodó. Llavors el seu únic comprador li talla de cop el subministre dels diners, alhora que li fa dentetes amb les racions de cavall que té estalviades, cada punt li'n passa un grapat pels nassos. El toxicòman, en comptes de fer el ronsa a l'alberg o mandrejar per la ciutat, ha de tornar a l'estació a guanyar-se el pa de cada dia; o la farina, per ser més exactes. L'oferta de l'empleat és llaminera. Per a un drogata com ell, el futur del qual ateny només fins a la propera dosi, un grapat de paperines de cavall suposa una fortuna. Per altra banda, el seu benefactor no es cansa de repetir-li que no correrà cap risc. Si actua tal i com ell té rumiat, la Policia no el pot pescar de cap manera. «Si t'enxampen a tu», argumenta l'instigador, «et faran cantar, i per tant també m'enxamparien a mi... ¿Que et penses que sóc tan ruc? Si no n'estigués ben segur, no t'ho faria fer...» El ionqui accepta finalment el tracte, quin altre remei li queda.

Abans de passar a l'acció, l'assassí (ara ja de pensament i de paraula) acaba de perfilar sense presses altres detalls del seu pla. En primer lloc, i per tal d'enlluernar la Policia amb un mòbil polític, envia amenaces de mort a la víctima signades pels radicals de MEDEA, grup que coneix de les visites a la Universitat a la recerca de la seua Helena. Per a més evidència, planifica el crim en dijous, quan, segons té experimentat, un del grup, que estudia a Barcelona, acostuma a tornar al vespre a Lleida. La veritat és que el xofer ho ignora, si l'estudiant ho és o no, membre dels MEDEA. Per la carpeta que exhibeix, bigarrada d'estelades amb les sigles MEDEA, sap que n'és simpatitzant, i amb això ja n'hi ha prou per convertir-lo en principal sospitós. I encara, per arrodonir els crims, dos darrers preparatius: condicionament de l'autocar amb uns retocs de bricolatge, a les cotxeres quan no el veu ningú, i finalment, la vetlla del dia dels fets, escapada d'incògnit a un camp a tocar del peatge de l'autopista.

El dia dels fets, el ionqui va realitzar finalment l'anunciat viatge a Barcelona, el seu viatge definitiu sense tornada. A l'estació d'autobusos l'esperava el seu soci dins de l'autocar, una estona abans de l'hora de sortida cap a Lleida. El xofer li repetí per última vegada les instruccions, li lliurà les eines del crim (un pot d'esprai, tres pams de corda i un tornavís), i li féu posar allí mateix els guants per prevenir les empremtes. Finalment, comprovat que a l'andana no hi havia ningú, va obrir una trapa que aparegué sota la moqueta de l'autocar, i abans d'entaforar el ionqui a l'amagatall, el reconfortà tot esmentant-li el paradís que l'esperava al cap de poca estona, una hora i mitja tirant llarg.

El ionqui s'arraulí dins del forat, tot fent-se un lloc entre les escombres, els pots de detergent i altres estris de neteja, mentre el seu col·lega tornava a posar la tapadora i arranjava la moqueta. I encara, abans de retirar-se cap al volant, esbotzava a cops de ganivet la tapisseria de quatre seients, a banda i banda del passadís, per fer desistir qualsevol passatger que s'hi anés a asseure. Del que va passar dins a la tomba, no en tenim testimonis, per la senzilla raó que els morts no parlen. Imaginem que des d'allà dins, la travessia de la ciutat i després el primer tram de l'autopista fins a Martorell se li van fer inacabables. I quan ja es pensava que hi havia hagut un imprevist i hauria d'anar sepultat fins a Lleida, va sentir els esperats, i també temuts, cops de botzina. Era la consigna: «Ha arribat l'hora, surt que tens el camp lliure per actuar.»

L'encauat va desclavar la planxa, apartà la moqueta i donà una ullada al pis de dalt, cap a tots costats, talment el seu cap fos la punta d'un periscopi. Comprovat que, efectivament, tant als seients de l'altre costat com al passadís no hi havia ningú, es desencauà del tot i s'assegué damunt la tapisseria destrossada per preparar l'atac.

Suposem (continuarem suposant fins a l'arribada de la policia) que el polissó va procedir d'acord amb les instruccions rebudes. Primer l'esprai, amb la punta del tubet a tocar dels forats del nas perquè l'efecte sigui fulminant (ah, i no te n'oblidis: sacsejar el pot abans d'usar-lo). Segon, la sirga al coll, estreny tan fort com puguis i aguanta una estona, fins que es torni més morat que la bandera de la Paeria. Tercer, abandó de les armes al lloc del crim, d'aquesta manera la policia no tindrà la temptació d'aixecar la moqueta per trobar-les. Un assassí professional executaria amb destresa tota l'operació en tres o quatre minuts. El resultat demostra que el ionqui se'n sortí prou bé, tot i que complí a mitges la tercera recomanació. Abans de colar pel forat, llençà el flascó endavant per sota els seients, però se n'emportà la corda a la butxaca.

De nou dins l'amagatall, cargolà la planxa amb el tornavís i fixà al damunt el pedaç de la moqueta que dissimulava la trapa. Poc després, el clàxon l'advertia que arribaven al peatge de l'autopista, que es preparés per baixar. Entretant el cotxe va enfilar el carril de l'extrem, un carril habitualment tancat al trànsit. En pic l'autocar es va aturar, el polissó saltà a asfalt, tancà de cop la portella darrere seu i s'allunyà cap a la vora. La paret de l'autocar l'havia protegit de les mirades dels empleats del peatge i d'altres conductors. Naturalment que hi havia la possibilitat que algun dels viatgers de l'autocar, els asseguts a la banda dreta, el veiessin des de les finestretes. Així i tot, ¿qui es podria imaginar que aquell paio que caminava cap a la vora acabava de sor-

tir del portamaletes de l'autocar? La maniobra semblava perfecta.

Amb quatre salts l'assassí va passar de l'asfalt al camp de l'altre cantó de tanca, un camp de garrofers deixats de la mà de Déu, dels pagesos del poble veí i dels polítics de Brussel·les. Gràcies a la resplendor dels llums del peatge fou relativament fàcil de localitzar la bossa de plàstic que guardava la recompensa. Contenia els fòtils necessaris per xutar-se, però només un sobret de farina. Aquell malparit de soci no havia complert el tracte!.. Si més no, de moment podia solucionar la urgència.

L'endemà al matí la policia el va trobar mort sota un garrofer amb la xeringa clavada al braç. Duia a la butxaca un tros de corda, que la policia va identificar com l'arma del crim, un guant higiènic a la mà esquerra, i l'altre, a terra al seu costat. El forense va dictaminar mort per sobredosi, segurament heroïna adulterada.

El ionqui vestia una caçadora nova, que no s'adeia gens amb els parracs bruts que duia per sota. Gràcies a aquesta peça de roba, la policia va poder treure el trellat d'ambdós crims i detenir l'assassí de pensament, paraula i obra. La caçadora era propietat d'un dels passatgers de l'autocar, una senyora per ser exactes, que a l'estació d'autobusos s'havia confós. En comptes de deixar la bossa al portamaletes com ella volia, obrí la portella del costat, el nínxol del polissó, i la ficà a dins sense mirar. S'entén l'error de la viatgera, s'entén que el xofer no hagués tancat la porta amb clau (¿com hauria sortit el viatger?), lo que no s'entén de cap manera és per què el ionqui, en comptes de malfiar-se, va acceptar de grat el regal. ¿Va imaginar potser que la peça d'abric era un regal del seu soci, el qual pensava en el més petit detall, fins i tot en el fred que havia de passar al baixar del cotxe de línia? El mort fóra l'única persona capaç de dreçar els ganxos dels interrogants…

Descansi en pau el jove Àngel Melià Planas, segons resa el carnet d'identitat, caducat fa anys, de qui només sabem, a part d'haver nascut a Girona (província de Gerona), que tenia 27 anys, el grup sanguini A negatiu i una ordre de detenció per pròfug del servei militar. Descansi en pau el pacifista, convertit per un assassí calculador en arma assassina i en víctima; descansi en pau el jove pidolaire, abocat a la cuneta de l'autopista com una bossa d'escombraries; en fi, descansi en pau el ionqui, després del seu darrer i definitiu viatge cap a l'altre món.

Àgueda Castro, *Els crims del cotxe de línia (i 3)*

CAPÍTOL 18

La senyora Rossita, camí de la botiga, es pregunta si plou. La mullena de les llambordes, les gotes que es despengen de les branques dels arbres, el polsim que li humiteja l'abric tot just baixar de l'autobús, indiquen que igual pot tractar-se de pluja fina com de boira pixanera. ¿Plou o bé és la boira? La pregunta, que deixa indiferent a qualsevol ciutadà, és de vital importància per al comerç. «Carrers mullats, calaixos eixuts», recorda la vella botiguera de *Modas La Generosa*. Al posar la clau al pany, es gira per saludar el senyor Magí, el farmacèutic de més amunt que deu anar a missa a la catedral. Si ell porta el paraigua obert, vol dir que de debò és pluja. No en cal fer cas, però, potser més tard s'aixecarà el dia.

La filla i el gendre han anat a esquiar amb la canalla, tots a estrenar la temporada de neu. A mitja setmana, quan ella va saber que els joves tenien la intenció de desaprofitar el diumenge, un dels pocs diumenges de l'any que els comerciants estan autoritzats a obrir, es va oferir voluntària: «Ja l'obriré jo, la botiga.» La filla va dir que no paga la pena, mamà; a part, et faràs un embolic amb la Visa perquè no saps com funciona. «Que paguin amb diners, com Déu mana», es va defensar la vella. «Mira, nena, tot lo que vengui serà de més, que els mateixos impostos pagaràs tant si obres com si no obres.» I al final, es va sortir amb la seua, com de costum.

Asseguda darrere el taulell fulleja el suplement dominical, que a l'entrar ha plegat de terra juntament amb el diari. De lo que ella esperava, no hi ha re. Potser ja no sortirà, passats tants dies... Dos dies després del crim de l'Alsina, es va presentar a la botiga aquella xiqueta d'ulleres que també anava amb l'autocar. Va dir que havia de parlar amb ella, perquè era escriptora i el diari li havia encarregat un escrit sobre el crim del cotxe de línia, un article, recorda que va dir, tan llarg que no cabria al diari dels dies de cada dia i per això sortiria al suplement del diumenge. Però ja han passat tres diumenges i re! Tota la tarda que li va fer perdre, i amb la botiga de gom a gom! Potser no és veritat que és escriptora, se la veia molt entonada, aquella mossa...

Igual que a la tele! Aquell mateix matí, quan al tornar de les Borges, va contar a la filla gran tot lo que havia passat pel viatge, la nena, tota estarrufada, la va acompanyar a la delegació de la tevetrès, perquè els expliqués que gràcies a la seua intervenció, la policia havia pogut detindre el criminal. Va semblar que els interessava, als periodistes de la tele, però encabat a les notícies tampoc no va sortir re. I això que en van parlar tot el telenotícies, del crim de l'Alsina. Es va veure una taula, tota parada de micros i d'ampolles d'aigua, amb uns quants peixos grossos de la política. En un cantó, damunt d'una mena de cadafal, hi havia un policia de cada color: un mosso d'esquadra, un policia nacional, un guàrdia civil i un municipal. Tots quatre plantaven drets, exhibint el seu uniforme impecable, immòbils i muts, com els maniquís de l'aparador. Acabada la roda de premsa, la locutora va continuar dient que el crim havia consternat la classe política i la gent de carrer, com ho demostren les opinions que tot seguit els oferim. «Ara sortiràs tu, mamà», va anunciar nerviosa la nena. Ca! En comptes de la Rossita Vallespí, va sortir el Jordi Pujol... No badis, client a la vista!

El client que avança decidit cap al taulell és un home d'uns cinquanta anys, vestit amb anorac castanya i uns pantalons de pana beix clar. A la Rossita, li agraden els clients així, homes granadets i sols, sense cap dona que els acompanyi. Aquestos saben lo que volen, no regiren gaire ni et donen turment exigint que els facis rebaixa, i al final sempre compren. «Aquest home el conec», rumia la botiguera. De seguida hi cau: és mosso d'esquadra, el policia de les Borges, que la va atendre aquella nit galdosa.

—¿Com anem, senyora Rossita?

—Si em veu a la botiga, no cal que m'ho pregunti —somriu ella—. Molt rebé. ¿I vostè, senyor...?

—Dídac, sergent Dídac Campos —es presenta el policia, posant damunt del taulell una bossa de plàstic que porta a la mà. De dins en treu una caçadora de cuir, espurlent, de color carbassa—. Al jutjat ja no la necessiten. L'he fet portar a la tintoreria i ha quedat com nova. L'etiqueta, no hi ha hagut manera de trobar-la.

—Tant se val, no s'amoïni.

La botiguera li dóna les gràcies per haver recuperat la peça. Quina llàstima de no tenir-la uns dies abans, perquè a hores d'ara ja fóra venuda. La setmana passada, ¿sap quan es va girar aquella seguida de mal temps?, doncs, en un parell de dies vam acabar les existències. Tot lo que és gènere de pell, ens ho treien dels dits com si ho regaléssim. Però, vaja, encara falta deu o dotze dies per Nadal...

—La posarem a l'aparador —decideix la dona.

—No cal que l'hi posi —fa el policia—. Me la quedo jo.

—¿Vol dir?

—Li vaig prometre, ¿se'n recorda?

I tant si se'n recorda, però qui s'ho podia pensar que anava de debò:

—No ho faci per compromís, senyor Campos! Miri, si no es ven alabat sia Déu. Ja la saldarem a les rebaixes... Ara, també li diré que no té mal gust, vostè. S'haurà adonat que és de pell autèntica. I per la qualitat, està molt bé de preu. ¿Que se la vol emprovar?

—Ja ho he fet a casa i em va bé. Me la quedo, digui'm quant val.

—Doncs miri, tractant-se de vostè, li faré un preu arregladet. L'hi deixaré —rumia un moment la botiguera— l'hi deixaré per trenta-cinc. Pensi que el preu real és quaranta mil pessetes. ¿Què li sembla?

El client no mostra agraïment pel descompte. Al contrari, per la ganyota que ha fet, endevina la botiguera, segur que la troba caríssima. Ben pensat, hagués pogut arreglar-li bastant millor. Tant li fa: aquestos policies segur que guanyen un bon jornal. A més, a rebaixar sempre s'hi és a temps! Es veu que no caldrà.

—No porto prou diners en efectiu —es disculpa furgant la cartera—. Si vol, de la resta li'n faig un taló.

—I ara home, no s'amoïni per això. Pagui-ho com li vagi millor.

El client paga trinco-trinco: vint-i-set mil en bitllets, (tots els que duia a la cartera), i un taló de vuit mil pessetes. Quan surt de la botiga, amb la mateixa bossa que duia a l'entrar, la dona desa els diners al calaix i torna a la lectura, ara amb el diari. El crim de l'Alsina encara cueja. Entre la roda de premsa de la policia, l'enterrament del diputat i els funerals oficials (hi van assistir dos ministres de Madrid!) i més tard, la manifestació multitudinària, fa més de tres setmanes que no es parla d'altra cosa. Ella ja ho diu, tot és política. La filla volia tant sí com no que anés a la manifestació contra la violència. «Els que éreu a l'autocar, segur que sortireu per la tele, ara segur que no se'n descuiden», va afegir per convèncer-la. «Aneu-hi vosaltres si voleu», la va aviar, «ja em quedaré a la botiga jo.» Mai a la vida ha anat a cap manifestació, ni pensa anar-hi. Fa una vintena anys, el seu marit en pau descansi encara vivia, una colla de manifestants exaltats li van xafar els vidres de l'aparador... A més, no acaba d'entendre contra què coi s'ha de protestar a la manifestació. ¿Contra aquell pobre desgraciat que en un atac de gelosia va matar el polític que li havia pres la dona? Al cap i a l'últim, la culpa és d'ella, d'aquesta mosca morta d'Helena. Lo que passa és que avui dia no hi ha decència i les casades se'n van amb el primer que els faci l'aleta... I el pobre marit a la feina, i *si te he visto no me acuerdo*... Els titulars del diari són plens de protagonistes. Abans només hi havia protagonistes a les pel·lícules, pensa la vella botiguera, avui hi ha més protagonistes que cotxes: als diaris, a la ràdio, a les revistes, a la televisió... La col·laboració policial, modèlica i decisiva a l'hora d'esclarir tots els misteris del crim de l'Alsina en una sola nit, finalment ha deixat de protagonitzar, després de tres setmanes seguides, les notícies importants del diari. Al seu lloc apareix una altra protagonista: una rata fastigosa, grossa com un conill, que ahir al vespre va espaordir els vianants d'un dels carrers de l'eix comercial. A les pàgines d'esports, el protagonista del dia és un futbolista del primer equip, habitualment a la reserva, que s'ha torçat el turmell en els entrenaments;

mentre que el protagonisme cultural se l'emporta l'escriptor de Ponent, que ha presentat un nou volum sobre la devoció mariana, en aquest cas, a la subcomarca del Baix Segre... Tot és política. Ja se'ls poden confitar, els protagonistes! Ella acaba de fer una bona venda, i això, al capdavall, és lo que compta. Mai havia despatxat una peça de roba tan de pressa: ni temps com qui diu, de col·locar-la al prestatge! Alerta, Rossita, client a la porta!

Un home s'ha aturat al porxo de l'entrada. Aquest, per la pinta que fa, segur que no entra. Ni tan sols fa veure que mira l'aparador, s'hi ha aturat de pas per replujar-se del xim-xim amb què finalment s'ha deixat anar el diumenge. La botiguera l'observa detingudament del taulell estant, a tocar de la caixa. És un xicot negre, escardalenc, vestit de qualsevol manera: vambes i roba d'estiu que sembla recollida del contenidor. Si no fos que tots els negres tenen la mateixa fesomia, diria que és el mateix xicot del cotxe de línia... Ves per on, avui el visitant encara li fa companyia. No li molesta que li embruti el terra fregat d'ahir a la nit, ni que la seua presència li espanti un possible client, ni es malfia que dins del bony de sota l'aixella, on sens dubte amaga alguna cosa, potser porti una arma que d'un moment a l'altre farà servir per buidar-li la caixa i potser... Res de tot això. Avui, no sabria explicar per què, l'africà refugiat al seu aparador, en comptes d'esverar-la, li ha tocat el cor. «A aquest desgraciat sí que li aniria bé la caçadora», s'entendreix la botiguera. Tot d'una, obre la caixa i en treu una moneda de vint duros. Al cap de dues passes, es repensa. Torna a la caixa, canvia els vint duros per tres monedes de vint-i-cinc pessetes i, llavors sí, abandona la trinxera del taulell decidida a fer una obra de caritat. A mig camí de l'entrada s'atura: el negre ha travessat la porta de vidre i camina cap al taulell. «No es pot dir mai», s'il·lusiona la botiguera. «Potser ha treballat a la fruita i té quartets.»

—Bon dia jove! ¿No voldrà pas uns texans? —el rep la venedora. Una vegada un xicot com ell, qui ho havia de dir, es va quedar uns texans de marca, d'aquestos de deu mil pessetes...

El client correspon la salutació i acte seguit es treu de sota l'aixella una espècie de manyoc de roba i comença a deslligar-la damunt el vidre del taulell. La trossa es desplega en una cartutxera farcida de rellotges. Amb un somriure blanquíssim, el venedor li ofereix el seu producte:

—*¡Todo a trescientas!*